ポーランド文学
KLASYKA LITERATURY POLSKIEJ
古典叢書
8

祖霊祭　ヴィリニュス篇

Dziady wileńskie

アダム・ミツキェーヴィチ
Adam Mickiewicz

関口時正 訳
Translated by
SEKIGUCHI Tokimasa

未知谷
Publisher Michitani

はじめに（訳者から）

ミツキェーヴィチの『祖霊祭』とは、それぞれを作品と呼んでも構わない、成立時期も公刊時期も異なる複数のテクスト群の総称である。それらのテクスト相互の関係は、それらが記述、あるいは表象する内容を見ても、一意的に定めることは難しい。また、いわゆる登場人物も、その呼称に、全体を通じて同一性、連続性を求めることは困難である。

「第二部＋第四部」をこの順に並べて「セット」として読み、論ずることは一般的だが、その他のある程度自律性を有するテクストを、このセットに対して（前に置くか、後に置くか……）どう配列するかについてのきまりはなく、配列の仕方はそれなりに編者の解釈を孕まざるをえない。

「第一部」は、名称とはうらはらに、作品群『祖霊祭』全体の前提をなすものではないし、結局作者の生前に発表されなかった、しかも未整理の手稿であるために、「第一部」自体を構成する各テクストのかたまりの前後関係すらもわからない。本書では訳者の判断で思い切って「性悪な蠟燭！……」（一〇頁）、「一面真っ暗、一面音無し……」（一七頁）、「おうちに帰ろうよ……」（二七頁）、「ここで祭司は若者たちに……」（三七頁）、「山を越え、谷を越え……」（四一頁）の五つに分けて頁を改めたが、これらが内容的にこの順番に生起するわけではない。副題に「スペクタクル」とあるように、「第一部」はかなり演劇や歌劇を意識、想定したテクストである。

「亡者」（五三頁）も、「第一部」に属するとも「第二部」に属するとも言えない、かなり自律した作品だが、これだけでは理解に苦しむ内容を含んでいて、その問題は第四部を読まないと解決しない。一一音節三行＋八音節一行の定型で韻律も整然とした形式の、演劇的台詞というより、純粋な詩に近い。

「第二部」（六一頁）では、最終的に天国へ行くとも地獄に落ちるとも決まっていない、未だ煉獄にあっていわば「浮かばれない」霊を召喚する民間習俗としての祖霊祭が描かれる。最も罪のない子供たち（男子のユージョ、女子のルージャ）の霊は、最も天国に近い高所を飛び回る天使として登場する。続いて、礼拝堂に入ることも許されないほど罪の重い霊が、猛禽に苛まれつつ現れるが、これはこの土地の悪い領主として、生前、領民を苦しめた殿様（士族）である。三番目には、生きている間は人々の愛を無視して生きた、気位の高い、羊飼いの娘ゾーシャが、ふわふわと浮遊して、足が地に着かない状態で現前する。娘の罪の程度は「中間的」とされている。

民衆の世界観では、地上から天上へ、本書で「永遠の通い路」あるいは「風の道」と訳した、空気の吹き上げる、眼に見えぬ柱のようなものが立っていると想定されていたらしいが、ユージョ、ルージャの二人の子供がこの風に乗って最も高い場所（「楽園」）まで運ばれているのに対して、娘ゾーシャはこの風の道を上下しながら、しかも地面には降り立つことが許されないという、一種の罰を受けている。こうして軽い霊、重い霊、中間的な霊が入れ代わり立ち代わり登場した後、そのいずれでもない、儀式を司る祭司にとっても不可解な、死者か生者かもわからぬ、黙りこくった何者かが出現し、歌劇的な要素の強い「第二部」は終る。

「第四部」は形式的にも内容的にも多様で、何ヶ所か論争的な部分もあるが、本書に収めたテクストではかたまりが最も大きく、全体を統治する一貫した緊張感もある。ト書きの書き方を見ても、充分演劇的だと言える。

これらのテクスト群は一八二〇〜一八二三年代にヴィリニュスとカウナスという二つの町で書かれ、成立したが、その一〇年後にドレスデンで書かれた「第三部」はまた別個のものとして考えた方がよく、これについては解説で触れる。

目次

装幀　菊地信義

祖霊祭　ヴィリニュス篇

《ポーランド文学古典叢書》第8巻

祖霊祭　第一部（未刊の草稿）

祖霊祭　スペクタクル　第一部

舞台上手側半分――乙女の個室――壁際にたくさんの書物。フォルテピアノ。下手寄りの窓の外は野原。上手寄りに大きな鏡。卓上には消えかかる一本の蠟燭、開かれた書物（小説『ヴァレリー』[1]）

乙女〔一三音節詩〕

（テーブルから立ち上がる）

性悪（しょうわる）な蠟燭！　ちょうど消える刻限が来たというわけ？
そして私は読み終えられなかった――これで果して眠れるかしら？
ヴァレリア！[2]　グスタフ！[3]　天使のようなグスタフ！
ああ、あなたたちのことは、現（うつつ）にも何度も何度も夢見た、
夢の中では――わたしもあなたたちと永遠に一緒にいるわ！

1　バルバラ・フォン・クリュデナー男爵夫人（Beate Barbara Juliane von Krüdener, 1764～1824）によって書かれ、一八〇三年パリで出版されたフランス語の書簡体小説『ヴァレリー、或いはギュスターヴ・ド・リナルからエルネストへの手紙』*Valérie ou lettres de Gustave de Linar à Ernest*。当時非常に流行していた。

悲しい物語！　何と悲しい教えの源！
（休止の後、苦々しく）
何のためにわたしは読んでいるの？　結末は遠いけれども既に見えているのに！
こんな恋人たちを、ここで[4]
（床を指差す）
　　　　　　　　　　一体ほかにどんなことが待ち受けている？
ヴァレリア！　貴女は地上の女どもの中でも
とりわけ嫉妬に値する女！　貴女を崇拝した恋人は、
他の女であれば、一生涯夢に見ることしかできないような男、
出会う全ての新しい顔の中にその面差しを探させる男、
全ての新しい声の中に探しても見つかるはずのない、
女の魂と響き合う音調を持つ男。
なぜなら他の男どもの顔は、メドゥーサの首のように
巌の臭いを漂わせ、彼らの言葉は秋霖よりも冷たいから！

2　仏語のヴァレリーをポーランド語化した形。女性のファーストネーム。
3　仏語のギュスターヴに対応するポーランド語。男性のファーストネーム。
4　葬られる地下を指す。

こうして毎日、退屈な登場人物たちと出来事の記憶を携え、
孤独の中へ、書物へ――夢へと、わたしはたち還る、
まるで未開の島に打ち捨てられた旅人のように、
ひょっとしてどこかに同類でも見つかりはしまいかと、
毎朝、さまざまな方角へ眼と足を運び、
毎晩、絶望のうちに自分の洞窟に戻ってくるわたし。

常軌を逸した者よ、汝を囲繞（いにょう）する孤独な壁を愛せ、
そして、それ以上傷を広げぬためにも、鎖を千切（ちぎ）ろうとするな。――

こんにちは、わたしの洞窟――何年も何年も閉じ込められている
わたしたちは、自分の意志で囚人となることを学びましょう――
わたしたちには仕事が見つからない？　大昔の賢者たちは
閉じこもって宝物や薬を、そして毒薬を探した
――わたしたち無邪気な若き魔法使いは、
自らの希望を毒するための毒薬を探しましょう。
墓の入口が信仰によって閉ざされているのであれば、[5]
生きているうちに、自分の魂を書物に葬りましょう。

そんな風に死んだ後(あと)でも見事に復活は遂げられるし、
この墓を通じてエリュシオンの原に至る道もある。
虚構の世界の霊たちに交じって生きる者には、
退屈な現実の喪失を償って余りある御褒美がある。
霊たち？　地上の兄弟たちの裡には、死すべき人間の形に
閉じ込められた、そんな霊は、果して未だ嘗ていなかった？
果して彼らの魂は、詩人たちの決め事から存在を得ただけ、
その形は美辞麗句の雲からのみ鋳出(いだ)されたもの？
でもわたしはこんな考えで自然を怒らせるわけにはゆかず、
創造主を冒瀆することも——自らを貶めるわけにもゆかない。

5　キリスト教の信仰がある限り、自殺などは許されないという意味。

肉体と霊魂の普遍的な祖国である自然界では、
全ての被創造物が、自らと同類の存在を有している——
どんな光線も、どんな音声も、同じようなものと結合し、
色彩と音調を通してハーモニーを伝える。
厖大な数の存在の中をさまようどんな微塵も、
最終的には同類の原子の心に落ちて来る。[6]

それなのに被造物一家の中でひとり、死ぬまで続く憧れを懐いた、
情こまやかな心だけが、孤児(みなしご)にならねばならないの？
そんな心を創造主はわたしに下さった。けれども日常の雑踏の中では、
それは誰の眼にも見えていない。なぜなら誰も理解していないから——
たとえ世界の涯であっても、何処(いずこ)にか、わたしの思いに応える思いを翼にして、
わたしを目がけて飛び来たりつつある誰かがいるし、いなければならないことを！

6　万有引力のイメージか。

ああ、もしもそのわたしたちが、二人を隔てる雲を裂き、
たとえ死の直前であっても、憧れの翼に乗って、あるいは言葉によって、
眼差しによってだけでも、会うことができたなら——一瞬で充分、
自分たちが生きていたと知ることさえできれば、それで充分。
その時初めて、自らの感情を包み込むのが精一杯の魂が、
内側では羈絆(きはん)の苦痛によって快楽を蝕ばまれる魂が、[7]
暗い無音の洞窟から楽園に変貌することでしょう！
その魂をお互いに認識し、訪ね合うことができれば何と素敵なこと、
そして、思考の中に何ごとか美しいものが耀けば、それを、
それぞれの心の秘めた物語が持つ高貴な何ごとかあれば、それを、

愛する存在の眼前で、眩い光に浮かび上がらせることができるならば、
まるで胸から取り出した水晶の宝石のように！
その時初めてわたしたちは、追想によって、過去を生の一部に
することができましょう。予感によって、
未来を楽しむことができることでしょう、
そして数々の愛おしい瞬間を今この瞬間に享受することで、
それら全てを結合しながら、欠けるところなき生を生きられるでしょう。
その時初めてわたしたちは、春の朝露がすばやく放ち、天めがけて飛んでゆく、眼にも見えぬ
軽やかな吐息となって、けれども、空の高みで一緒になれば――
ともに燃え上がり、星々の間に新しい閃光を輝かせることでしょう。

7　訳者にはこの行の納得できる解釈ができていない。別の版（『文庫一九二五』六頁）では、「wiazadeł 羈絆の」ではなく「samotna 孤独な」の語が採用されているが、その方がまだ近づきやすい。

舞台下手側半分――食べ物と飲み物を持って、村人たちのコロス登場。先頭はコロスの筆頭老人。

祭司〔八音節詩〕

一面真っ暗、一面音無し、
耳そばだてて、眼光らせて、
秘密の儀式に急ぐとしよう、
静かに歌い、ゆるゆると。
門付(かどづ)け唱え歩くにあらず、
われらが唱(との)うは弔いの歌。
年始携え[8]、お館(たち)へ参るにあらず、
涙たずさえ、墓へと参る。

8　年が改まると、農民たちは領主に新年の挨拶と貢物を奉った。

コロス〔八音節詩〕

一面真っ暗、音無しの間(かん)、
秘密の儀式に急ぐとしよう。

祭司

静々とおもむろに急ごう、
お堂[9]へでも、お館[10]へでもなく、
司祭は呪（まじ）ない許さぬゆえに、
殿は夜中の歌で寝られぬゆえに。
死人（しびと）は己れの思うがままに、
祭司が呼べばどこでも参ずる。
生者は殿の畑にあり[11]、
墓場は教会の領分なり。

9　原語は cerkiew（ツェルキェフ）で東方教会の聖堂を指す。
10　荘園領主（殿と訳した）の館。
11　農奴制のため、農民は荘園を離れることができず、常に領主のために労働している。

コロス

一面真っ暗、音無しの間、
秘密の儀式に急ぐとしよう。

若者たちのコロス〔一〇音節詩〕

（娘に向かって。《浪漫性》[12]参照）
その手を割るな、若き女子よ、
泣くな、お目め[13]もお手ても勿体ない。
その眼は別の瞳に会って輝き、
その手は別の右手を握り締めよう。

12　一八二二年に出版された『アダム・ミツキェーヴィチ詩集』（第一巻・内題「バラードとロマンス」）に収められた詩を指す。未知谷刊『バラードとロマンス』（ポーランド文学古典叢書3）一三頁「浪漫性」参照。この詩の草稿は一八二一年一月末にはできあがっていたとされる。

13　ここで敢えて、日本語としては無意味な直訳をした成句「手〔複数形〕を割る」は、両手の指を交互に組み合わせて固めた拳を体の前に突き出したり前後に振ったりして、慨嘆、絶望、苛立ちなどを示す身振りに対応するもの。従って意味を取れば、「嘆くな」と訳すべきところ。

番いの鳩が森から飛び出る、
番いの鳩につづく三羽目は鷲――
逃げおおせたな、雌鳩よ、上を見よ、
銀の翼のお前の夫は従いて来たか？[14]

14　この連は、番いの鳩のうち雄を鷲が殺すという、ウクライナ地方の民謡のモチーフが下敷きとされる（『文庫一九二五』八頁）。

泣くな、亡き者を詮なく偲んで溜息つくな、
お前に向かって喉鳴らす、次の夫君は
脚には拍車、[15]うなじを飾る
青いリボンに、虹の色。[16]

15　蹴爪。
16　この二行の描写はカワラバトを思わせる。

薔薇と菫は夏の野原で
互いにかぐわしい手を取り合い、
徒（かち）の人足、[17]楢の林の下草刈るに、
夫君に切りつけ、寡婦（やもめ）を残す。[18]

17　農奴は荘園領主に対して夫役を納めたが、ここはそうした労役に馬などを使わず従事した者を指す。
18　この連全体について、その意味合いについて訳者の調べが充分でない。薔薇は女性名詞、菫は男性名詞であり、男女を指すとすれば、二連前の鳩の番いと同様、下草を刈る人足が菫すなわち夫だけを鎌で殺し、薔薇を生かして残すという話になる。

亡き者を詮なく偲び、嘆くお前に、

会釈するのはすらりとした水仙[19]、
野の子らにまじったその黄色い瞳は、
星々の中に輝くお月様のよう。

19　男性名詞単数。

その手を割るな、若き女子よ、
泣くな、お目めもお手ても勿体ない。
お前が泣いて偲ぶ相手はお返しに
眼も輝かさず、手も握り返さぬ。

亡き良人（りょうじん）の右手は黒い十字架握りしめ、
眼は天の居場所を探すだけ。
若き寡婦（やもめ）よ、彼には御弥撒（ごミサ）を、
われら生者には美しき言葉を捧げよ。

（老人に向かって）
懐かしむな、御老人、われら若者のお願いだ、
懐旧は、その心にも頭にも毒でしかない。

その心にわれらのための手本が生き、
その頭にわれらのための忠言の宝庫がある。

古い楢の木が軽やかな衣を脱ぎ捨てる時、
草や花が、木蔭を請うと——楢は答える
《お前たちのことは知らぬ、新しい族（やから）の子らよ、
果してお前たちは木蔭や涼気に値するものか、
昔、わしの庇護の下で育った草や花は違った》

嘆き節はよしてくれ、理不尽に怒る（いか）御老人、
昔がどうであったかを知る者はない。
萎れる者がいれば、芽生える者もいる。
美しさが足りぬことは彼らの罪か？
われらの色[20]を守り、装いを喜び、
そしてわれらの裡にこそ古き昔を偲べ。

20　民族性の意か。

詮なき懐古に、御老人、溜息つくな、

あなたは多くを失ったが、多くが残った。
あなたの幸福のすべてが墓の中にあるのでも、
あなたの友のすべてが墓の中にいるのでもない。
われら幸せな者から、僅かでも幸せを受け取り、
われら生者の中に死者を探すがいい。

祭司〔八音節詩〕

或る者が人生という国をさまよっていた。
運命がそのいたるところに慣習通り
野茨や山樝子（さんざし）を蒔いたにも拘らず、
彼は真っ直ぐな道を逸れまいとした。
そして結局、夥しい年月の後、
あまたの艱難辛苦の中、
彼は道行きの目的を忘れた、
苦労の末に安息を見出すという目的を。

或る者が、地上から太陽を眺め、
天と星々の飛行を夢に見ながら、

大地のことは知らずにいたが、
やがて暗黒の淵に落ちた。

或る者は、過去の深奥に消えたものを
悲嘆によって引き上げようとし、
或る者は、未来がその深奥に秘めたものを
欲望によって手に入れようとした。

或る者は、自分の誤りに遅れて気づき、
更に悪いその修正を考え、
うつつに探していたものとともに
夢の中で生きるために眼を瞑(つむ)る。

或る者は、夢見る病に罹り、
自らに対する拷問を自ら用意し、
自分の魂の中にしかなかったものを
眼前に見ようとして徒労に終わった。

昔の時間を追想する者よ、
未来について夢見る者よ、
この世から墳墓に向かって歩め、
賢者の許から呪術師[21]の許へ行け！

21　guślarzをここでは「呪術師」としたが、同じ単語を他ではすべて「祭司」と訳した。

秘密の闇がわれらを包み、
歌と信心がわれらを導く。
絶望する者、追想する者、
願う者、われらとともに進め。

子供〔一三音節詩〕

おうちに帰ろうよ、教会堂の方で何か光ったよ、
怖いよ、森の中で何かの呼ぶ声がする。
墓場にはあした行こうよ、爺(じい)はいつものとおり
物思いに、僕は花や木の葉で十字架を飾りに。

今夜、死んだ人たちと皆で会うと言うけれど、
僕の知らない人たちだし、僕は自分の母さんも憶えていない。
爺の眼は昼でも弱いのに、昔知っていた人たちを
暗い中で見分けたいと言ったたって無理だよ。

それに耳も悪い。憶えている？　二週間前、
親戚や、お隣りの人たちも大勢集まって、
爺の誕生日を祝ったけれど、爺はずっと黙ってた、
耳も藉(か)さなければ、誰にも何も答えもせずにね。

最後に訊いたね、一体何の寄り合いだ、

こんな普段の日から集まって、とね。そしてもう暮れたか、とね。
僕らはお祝いするためやって来て、陽は何時間も前に
沈んでいたけれど、あれは爺の誕生日だった。

老人〔一三音節詩〕
あの日から、ああ、何と遠い沖まで漕いできたことか！
知った陸地も島々も、わしはすべてを余所(よそ)にしてきた、
先祖伝来の宝物もすべて時の淵に呑み込まれた。
お前たちの顔を、声を、掌(て)を見て、一体わしに何の感慨がある？
幼い頃から慣れ親しんで愛しんできた顔の数々、
優しくわしを撫でてくれた掌、心に沁みた声、
あれはみな一体どこだ？　霞み、遠のき、変わり、消えた。
自分が屍骸に囲まれているのか、自身が死者ではないのか、わからない。
だが、自分の生きた世界ではない、別の世界はお断りだ。
不幸なるかな、徐々に土饅頭の一部と化していった者よ！
お前の声はまだ、わが孫よ、わしにとっては最後の慰め、
みまかった母の歌が残した幼子の木霊のように、

辺りをただよい、母の声を繰り返しては小声で囀る。
しかしお前もまたわしを捨てようとしている、他の者たち同様に。

わしは独り行く。昼には迷い、生者の声の聞こえぬ者は、
夜には眼も見え、墓場のしじまの言語を解するもの。
迷いはせぬ、年々歳々辿ったこの道——
初めのうちはお前のように、わが息子よ[22]、赤子のように怯えつつ、
やがては好奇心と元気溢れる少年のように、
やがては懐かしさとともに、今はもはや懐かしさもなく、
悲哀もなく。何がわしを動かすか？　何やら新たな衝動、
暗い予感、或いは墓の本能かも知れぬ。
墓場には辿り着けるぞ、何やら心の奥に占う声がする、
帰るさ、わしにもはやお伴は必要ないと。
だが別れる前に、お前の子供らしいお使いの
御褒美をやろう、わが息子よ、跪いて掌を組むがいい。

22　孫のこと。

神よ！　人生の杯（さかずき）を、それも余りに大きい、余りに苦い杯を

飲めと下さり、その成就を命令されたお方よ、
もしも、わしが苦杯を飲み干すに要した辛抱が
あなたの慈悲に恵まれるに値するならば、
唯一の、しかし最大の御褒美を願うことを許し給え——すなわち、
わが孫を祝福し給え——若くして死なせ給え!

達者でな。そこに立ち、今一度爺の手を握っておくれ!
お前の声を聞かせてくれ——あれほど幾度も歌った、
お前の好きな歌を、魔法で岩に変えられた
若者の歌を歌っておくれ。

［子供］
［歌う］
魔法をかけられた若者〔八音節詩〕

城の門を打ち破り、
トファルドフスキ、[23] 部屋を経めぐり、
塔に登り、窟(いわや)に踏み入る——

（注 35頁〜）

これでもかとばかりの怪異、妖術！

とある奥まった地下室に——
　奇妙な贖罪の行の如く——
鎖に繋がれ、鏡を前に、
　ひとり若者が立っている。

立ってはいるが、その姿、
　術の効き目が表れて、
あちこち次第に失われ、
　ゆるゆる石に変じる有様。

胸まですでに岩と化したが、
　かんばせは、未だ
勇気と力に輝き、
　瞳は宿す、優しい光。

《何者だ？》——若者は問う。

《かくも多くの剣(けん)を折り、
かくも大勢が自由を失った、
　この城を大胆不敵に奪った者は》。

《わしは誰か？　それ、わが剣の前に、
　大いなる力、より大いなる名声の
わが言葉に、世界が震える——
　トファルドーヴォの騎士なり》

《トファルドーヴォの？……私の時代には
　聞いたことがなかった。
合戦の折りにも、
　騎士たちの試合においても。

どれ程の年月を幽閉の身で
　私が過ごしたか、見当つかぬ。
世の中から戻ったばかりの貴殿——
　是非世の中について語り給え。

今でもオルギェルト[24]の強腕は、
　わがリトアニアを戦場で導き、
昔に変わらずドイツ人を破り、
　草原の韃靼人を撃退しているか？》

《オルギェルト？　ああ、
　かの勇者を失ってはや二百年。
だがその孫の一人ヤギェウウォ[25]が、
　今では戦い、勝利している》

《何と？　いま一言――
　貴殿の流浪の旅の中、
トファルドーヴォの騎士よ、訪ねたか、
　わがシフィテシ[26]の岸辺を？

そこで人は語りはしなかったか、
　剛勇の武者ポライ[27]について、

そして彼が崇拝した、
　美しきマリラ[28]について？》

《若者よ、わしはこの国で、
　ニェメンからドニエプルに至る地の、
何処においても耳にしたことがない、
　ポライについても、その恋人についても。

わしに訊いても時間の無駄だ、
　そなたをこの岩からわしが解き放てば、
世界のあらゆる驚異を、
　そなた自らの足で訪ねられよう。

わしは魔術の学の心得あり、
　この鏡の力も知っているので、
直ちにこれを粉々にしてくれよう、
　そなたからその憑き物が落ちるよう》

と言いつつ矢庭にトファルドフスキ、
　勢いよく剣を抜いて構えるが、
若者は恐れをなして――
《待て！》――と騎士に呼びかけた。

《鏡を壁から下ろし、
　私の手に渡して貰いたい、
私自ら枷を打ち砕き、
　この苦痛を終わらせよう》。

鏡を受け取り、溜息をついた若者の
　顔は蒼ざめ、迸る涙に濡れた。
そして彼は鏡に接吻し――
　そして全身石と化した。

23　トファルドフスキ殿（Pan Twardowski）と書かれることが多い。魔法使い、錬金術師として多くの伝説や文学作品に登場する。ポーランド人士族で一六世紀のクラクフ市中に住み、悪魔と取引をして、魔術の知識を得たとされるが、モデルがドイツ人であったという説もあり、またファウストゥス博士、ゲオルク・ファウスト（Johann Georg Faust, 1480?～1541?）との類似、関連も指摘されている。詩集『バラードとロマンス』（未知谷刊ポーランド文学古典叢書3）に「トファルドフスキの奥方」というバラードがある。

24　リトアニア大公アルギルダス（Algirdas, 1296～1377）。Olgierd はポーランド語。本書ではポーランド語名を採用。

25　『アダム・ミツキェーヴィチ辞典』によればオルギェルトの子、ヴワディスワフ二世ヤギェウウォ（Władysław II Jagiełło, 1362頃～1434）リトアニア大公、ポーランド王を指すと言うが、孫ではないし、二百年も経っていない。『全集一九五五』では、ズィグムント一世スターリ（Zygmunt I Stary, 1467～1548）としている。しかし、オルギェルトの「孫」にこだわれば、カジミエシュ四世ヤギェロンチク（Kazimierz IV Jagiellończyk, 1427～1492）か。

26　Świteź は現在もベラルーシに実在する湖。ミツキェーヴィチが生まれ育った地に近く、青春を過ごした地域の一部。詩集『バラードとロマンス』（未知谷刊ポーランド文学古典叢書3）所収のバラード「シフィテシ」参照。

27　Poraj は薔薇をモチーフにした古い家紋の呼称で、ミツキェーヴィチ家の家紋もこれに属した。

28　Maryla は女性のファーストネーム。マリアに通じる。ミツキェーヴィチが恋した相手ヴェレシュチャカの名（Maryla Wereszczaka, 1799～1863）。

若者たちのコロス〔八音節詩〕

ここで祭司は若者たちに、
道半ばで留まるよう命じた――
あちらの丘の上には村があり、
こちらの楢林には墓場あり。

揺り籠と墓の間、
われら若き齢はその半ば。
祝言と弔いの間、われら
半ばに立つぞ、兄弟たち！

村に帰るは許されず、
人を追うも許されぬ。われら
ここで祖霊祭を執り行い、
歌を歌って夜を短くせん。

往く者どもを励まして、

帰り来る者には問いかけて、
怖れる者の怖れを除き、
迷える者には道を教えん。――

陽が沈み、走る子供ら、
歩く年寄り、人が泣き、人が歌う。
だが陽はまた昇り、
子供も帰れば、年寄りも帰る。

子供の髪の白(しろ)むまで、
年寄りを鐘[29]が呼ぶまで、
世にあれば人の味わう
楽しみ一つならず。

29 弔いの鐘。

だがわれら、若い間(あいだ)、
元気な体を働かせずに、
ただ心と頭で働く者は、

この世に無きに等し。

獣の如く人目を避け、
木菟(みみずく)の如く夜に飛び、
亡者の如く棺を叩く者は、
この世に無きに等し。

若い身空で弔い歌を
一度歌った者は、永久(とわ)に歌い、
若くして墓に参れば、もはや
そこよりこの世に戻ることなし。

ゆえに子供ら、父ら[30]は願い事に
麺麭(パン)携えて教会へ行くべし。
われら若者は、道半ばにて
澄んだ空の下に残るべし。

30 「老人たち」の意か。

射手（しゃしゅ）の歌[31]〔六音節詩〕

山を越え、谷を越え、
　盆地を抜けて森を抜け、
猟狗（りょうく）の声、喇叭の
　音に伴われ、

隼も驚く疾風（はやて）の
　如き馬に乗り、
雷鳴も圧して
　轟く銃を手に、

子供の如く朗らかに、
　騎士の如く血気に逸り、
大胆に、狡猾に
　狩人の戦（いくさ）始まりぬ。

ようこそ騎士よ、

丘よ、畑よ、
森の王、獣(しし)の主(あるじ)、
狩人に万歳！

矢を空に、あるいは
森に畝間(うねま)に放てば、
そこより羽が舞い、
そこより血が流る。

怯(ひる)むことなく密林の
猪(しし)を追い詰むるは誰？
足元に熊の毛皮を
敷けるは誰？

群鳥(むらとり)を罠に追い込んだは
誰のお手柄？
先陣切りてその翼の
旗を奪いしは誰？

ようこそ騎士よ、
　丘よ、畑よ、
森の王、獣（しし）の主（あるじ）、
　狩人に万歳！

進め、進め、足跡から足跡へ、
足跡から足跡へ、進め、進め、進め！
進め、進め、足跡から足跡へ、
足跡から足跡へ、それゆけ、それゆけ[32]！

31　カール・マリア・フォン・ヴェーバーの《魔弾の射手》に触発されたものと言われている。
32　この最終連だけ九＋九＋九＋五音節で変化がつけてある。

グスタフ〔一三音節詩〕
収獲は歌が一曲！　私が獲物なしで家に帰ったからといって、
狩人たちが怒ることはないだろう。
帰ったらすぐに、彼らに歌って聞かせねばならないだろう――
それにしても、私はどこに迷い込んでしまったのか？　踏み跡もなければ径（みち）もない。

ヤッホー！　深い森のような沈黙——喇叭の音も、銃声もない。
私は迷ってしまった——これこそ、詩人を気どる文学熱の成果だ！
ミューズを追って、狩場の外へ出てしまった。——寒波が強まっている。
焚火をおこさねば。私と同様に、仲間の勢子の
誰彼が迷っていないとも限らぬから、
炎が上がれば、光に導かれてやっても来ようし、
道も二人で探す方が容易だ。

　　　　　　おお、わが友よ！

狩人たちの中では、君のような者は多くはいないぞ。
森の中にあって、雲を眺める習慣は彼らにはなく、
猟犬を駆って、美しい風景を探すこともせぬ。
彼らの目的は唯一つ、欲望も唯一つ、
地上をくまなく、獲物を追うこと——だからこそ——彼らは道に迷わぬ！
きっと今頃は、元気な心と、汗した額で、
一日のゲームを終えて、宴の席に着いていることだろう。
誰もが、過去のもしくは未来の獲物を自慢し、
誰もが自分の命中弾、他人の逸れ弾を勘定し、
大声でからかい合い、或いはひそひそ耳打ちしながら、

一同が語る中、ただ一人、耳傾けるのは老いた父だけ。
しまいに狩りの話も飽きられれば、
その時には隣りの女たちに向かって——ほほ笑み、語りかける。
時には狩人の恋も生まれ——渡り鳥が
かりそめに心を奪う——そうして一時間が過ぎ、
そうして一週間、一年が経った——ゆうべもそうであったし、
今日もまた、そしてこれからも、毎晩そうあることだろう。
幸せな人々！——

　　　　ところが私は……どうして私は彼らのようにしていられぬのか？
私たちは一緒に出かけたのだ——何が私を戸外に駆りたてるのか？
ああ、私が求めるのはゲームではない——私は倦怠から逃げるのだ。
私が好むのは、狩猟の楽しみではなく——その労苦だ。
こうしていれば考えが、少なくとも場所が変わり、
ここには誰一人として、私の夢や、どうして自分の眼に光るのか自分でも
わからぬ空虚な涙や、どこへ飛んでゆくのかわからぬ、
行く先のない溜息を穿鑿する者はない。
行く先は隣の女どもでないことは確かだ！　風にまかせ、林から林へ、
夢に向かって！……

妙な考えだ！　いつでも誰かが
私の涙を見ていて、私の溜息を聴いているような、
私の周りを永遠に、影のように回っているような気がするのだ。

静かな日の草原では一体幾度、ニンフのようなものの
飛び回る小さな足が音を立てることか。
見れば——まるで誰かにそっと触れられたかのように、
花たちが揺れ、頭を擡（もた）げる。——私は時に壁際の寝床で
独り本を読む。本が手からすべり落ちたので、
私は見やった、すると、鏡の前を何か軽やかな姿がよぎり、
そのふわりとした衣裳が囁いた。
私は時に、夜、物思いに耽る。考えが散らばり、
溜息をつくと、何かが同じく溜息をつく気配があった、
心臓が高鳴り、もう一つの心臓も高鳴るのを私は感じた。
何かしら不明瞭な、音のない言葉が、それもしょっちゅう、
まるで宙を飛ぶ夜の虫のように、私の耳を撫でてゆく！
明るい霧の中で私は眠りに落ちた。遠く、上の方から、

何かが、明らかな形をまとってはいないが、光る。
そして私は、眼の光線と顔の微笑を感じる！
お前はどこにいる、孤独よ、秘密の娘よ！

たとえ粗末で儚（はかな）い肉であれ、〔以下三連は八音節詩〕
汝の霊はそれで身を飾れ。
虹の切れ端でもいい、湧き水の明るい
クリスタルでもいいから、その身にまとえ！

わが眼の裡に、汝の衣の輝きの
長く、長く留まらんことを！
わが耳を、汝の口の楽園の音色の
長く、長く満たし続けんことを！

われに照り、太陽の瞳の、
汝の顔を夢見て眼眩（くら）まさんことを。[33]
歌え、セイレーンよ！　いとしい
声の中で私は寝入る、天を夢見て！

ああ、貴女をどこに探せばいいのだ？——私は人々から逃れる、[33]
ああ、貴女は私とともにこそあれ、私は世を捨てる！

33　この二行は、手稿の読み取りの段階から問題や議論があり、意味合いも確定されていない。

黒い狩人[34]
［歌う］

お前の飛翔は、わが小鳥よ、飛翔は高すぎる。
　自分の翼の強さを弁えているのか？
お前がそれほど馬鹿にする、地上を見よ、
　何と多くの囮が、何と多くの罠のあることか！

34　この「黒い狩人」という語も《魔弾の射手》の「黒い狩人 der schwarze Jäger」すなわち悪魔ザミエル（Samiel）を想起させる。

若者
おおい！　歌声が聞こえる、おおい！　生きているなら、
返事をしろ！　兄弟、あんたは誰だ！

射手
狩人さ。
やる気は同じ、力は少々お前よりあるが、
ともに狩りをする者。尤もお前は朝から
外へ出かけるが、俺は狩りを夜に始める。
お前は獣を待ち受け、俺は——女たちを。

グスタフ
あんたが狩りに選んだ場所がいいかどうかはわからぬが、
邪魔はしたくないので、幸運を祈ろう。

射手
おおい、仲間よ！　そんな短気はよせや。
面の皮が厚いのか、それとも臆病風のしわざか？
最初に俺を呼んだのはお前だ、それが今度は逃げるのか。

グスタフ
私があんたを呼んだ？

射手

遠くにいても聞こえたぜ、
お前が呼んだのは。誰を？　何を？　俺にはわからん。
ただ、溜息と嘆き声が耳に入ったのは確かだ。
俺もお前と同じ猟師で、俺も若かった時はある、
だからお前の仕事や年頃で出会う出来事はわかっている。
何事か心に閊（つか）えるものがあるようだ、腹を割って話そうじゃないか。
大方、獣を追って深い森に迷い込んだんだろう？
兄弟、俺だって迷ったことはある、色んな動物も知っている、
翼のある奴、歩く奴、四つ足に二本足、
もし今、追ってる獲物がないのなら、さぞ追いかけたいだろう？
へっ、その空っぽの袋を見ても、顔は赧くならんてか？
これまで何一つ仕留めずにいて、若い者としちゃ恥ずかしいな？
正直に言いな、困っているなら、俺が分けてやる。

グスタフ

ありがとう――見知らぬ人に助けは乞わない。

私はそう簡単に、しかも夜分に友人を作らない。
それに、あんたの言葉の意味するところが理解できない。

射手

呑み込みが悪いのであれば、説明してやろう。
もしもお前が俺を信用しないのであれば、それだけ俺は正直になれる……
まずはいいか、お前がどこへ足を運ぼうとも、そこには必ずお前の頭上に、
お前を見失うことのない或る存在があり、
人間の形をとってお前を追いつづけようとすることを知れ。
もし自分が誓ったことをどんなことがあっても守るなら……

グスタフ

何だと！　それはどういう意味だ？……　私に近寄るな！

［手稿はここで終わっている］

亡者[35]〔一一音節三行＋八音節一行〕

心臓は止まり、胸ははや冷えきり、
口は結ばれ、眼は閉じた。
まだ世に在る、だが世からみれば最早いない！
　それは一体どんな人間だ？――死人（しびと）だ。

見よ、命の望みを霊より預かり、
記憶の微光を星に借り、[36]
死人が、青春の地に帰り、
　愛しき人の面影を探す。

再び息づく胸、だが冷え切った胸、
洞（うろ）のように空いた口、眼、
再び世に在る、だが世から見ればいない。
　その人間は一体何者？――亡者（もうじゃ）だ。

（注　59頁～）

墓場近くの住人は知っている、
亡者が年々歳々目を醒まし、
万霊節の日になると墓塚を壊し、
　人々の中へ向かうことを。

やがて四度目の日曜[37]を鐘が告げると、
今日裂かれたかのように胸から血滴（したた）らせ、
力尽き、夜陰に紛れて帰り、
　再び塚の中で眠りにつくことを。

夜の男についての消息は数多（あまた）ある。
男の葬儀に参列した者も生きている。
男は若くして死んだとも、
　自害したとも人は言う。

今は劫罰に苦しむと見え、
淋しく呻き、ぽっぽっと炎を吐く。

近頃一人の老いた堂守が、
　男を目にして聞き耳立てた。

地下から出て来るや否や、
亡者は明けの明星に眼を向けて、
手を揉み絞り、冷たい吐息で
　こんな愁訴を放ったと堂守は言う——

《呪われた霊よ、何のため、命無き
地下の墓穴（はかあな）に、命の炎を掻き立てる？
呪われた輝き[38]よ、一度は消えたお前が、
　何のため、またもや私を照らし出す？

おお、恐るべきは正義の裁き！
再び彼女を目にし、出会い、また離れよと。
すでに苦しみ尽くしたことを年々苦しみ、
　同じ末期（まつご）を年々繰り返せとの宣告。

長い潜伏の後、貴女を見つけようと、
私は地上に出て、群衆の中をさまよう。
人が私をどう迎えようと気にはせぬ。
　生きている間に全てを私は味わった。

貴女がこちらを見た時、私は犯罪者のように
目を背けた。貴女の言葉は聞こえていた、
毎日、聞いていた、毎日、墓石のように
　黙っている外なかった。

嘗て若い友人たちは、私の執着を
奇矯と、誇張と呼んであざ笑った。
年寄りたちは私の腕を握り締めて立ち去るか、
　さもなければ賢い助言で私をうんざりさせた。

あざ笑う者にも、助言する者にも私は耳を藉(か)した。
自分自身、彼らよりましではないかも知れぬのに。
自分自身、人のゆき過ぎた情熱には眉顰(ひそ)め、

長過ぎる恨み言など笑い飛ばしたかも知れぬのに。
また別の者は、私が貴女を辱めていると思った。
私が彼の一族の誇りを傷つけていると。
そもそも社交儀礼、必要に屈し、
　理解できないふりをしたのは彼ではないか。[39]

だが私にも誇りはある。私もまた彼を吟味した。
彼は私に何も尋ねず、私も黙っていることはできたのだが。
私は懸命に喋り、彼が返事をすると、
　理解できないふりをした。

だが私の罪を赦せなかった者は、
辛うじて侮辱の言葉を噛み殺し、
不承々々、顔に笑みを強い、
　眼には慈悲を偽装させた。

私はそういう人間だけは決して赦さなかった。

彼の前ではほほ笑みこそすれ、
難詰の言葉で口を穢（けが）すこともなければ、
　敢えて侮蔑の言葉を発することもなかったが。

今日、この奇っ怪な姿を草葉の蔭から、
世に現わせば、私も全てを身をもって知るだろう。
祓魔（ふつま）だと言って鞭振り上げる者もいれば、
　仰天して逃げ出す者もいることだろう。

或る者の不遜は笑わせ、或る者の慈悲は煩わしく、
また或る者は眼を蔑みに歪ませる。
一人の女性の許へ赴く私が、これだけの
人々を怒らせ、或いは驚かせねばならぬのは何故（なにゆえ）か？

何事があろうとも、私は昔の道を行くまでだ。
嘲笑する者には慈悲を、慈悲深い者には嘲笑を。
ただ、愛しい貴女だけは！　亡者とも
　昔どおりに挨拶を交わして欲しい。

私を見て欲しい、声をかけて欲しい、私がまたしても
貴女の許へ戻って来たという、小さな咎を赦して欲しい、
過去の夢魔として、只の一時間、
　貴女の今の幸福を掻き乱そうと戻った私の咎を。

この世と太陽に慣れた貴女の眼差しも、
屍（しかばね）の首（こうべ）を怖れずにいてはくれまいか。
そして、私の墓石（はかいし）のような言葉も最後まで、
　辛抱強く、情け深く聴いてはくれまいか。

そして、古城の巌の表面に
枝這わせ、寄生する雑草の如く、
過ぎし日の映像から映像へと
　さまよう想いを、追ってはくれまいか》

35　upiór は他の多くの文脈では「吸血鬼」と訳し得る語だが、ここではどうしてもふさわしくないのでこうした。特に自殺者などの「浮かばれぬ」魂が墓から抜け出し、現世に戻って生者の眼にも見える形で活動するという俗信にもとづくもの。

36　『全集一九五五』（四七七頁）によれば、星は金星で、金星は夜の到来を告げるとともに、亡者を呼び出し、生前の記憶を蘇らせるという俗信に基づく句であるという。

37　万霊節から数えて第四の日曜日、つまり待降節の始まりと重なる時期だが、民間信仰では、この日になると、迷える霊魂が力を失うと考えられた（『全集一九五五』四七八頁）。

38　金星の光。

39　この連で出てくる「貴女」や「彼」は第四部にならないと登場しない人物であり、ここでは唐突で脈絡もなく、表現も婉曲過ぎてわからないようになっている。亡者は第四部のグスタフで、「貴女」はグスタフが愛したマリラ、「彼」はそのマリラを奪って娶った裕福な貴族ということになる。

祖霊祭　第二部

祖霊祭　ポエマ[40]

祖霊祭〔ジャディ[41]〕

リトアニア〔大公国〕、プルテニア〔＝東プロイセン〕、クールラント[42]の多くの地域で、従来民衆がジャット[43]すなわち祖霊全般を記念して執り行ってきた行事の名である。行事の起源は異教の時代に遡り、かつては牡山羊の宴[44]と呼ばれ、コジラシュ[45]、フスラル[46]、祭司〔グシラシュ[47]〕などと呼ばれる、祭司にして同時に詩人である人物（ゲンシラシュ[48]とも）が儀式をとりしきってきた。

種々の迷信的な行為やしばしば逸脱的な悪習と結びついたこの慣習を根絶しようと、開明的な聖職者たちや地主たちが努力した結果、現代では、民衆は《祖霊祭》を墓地に近い礼拝堂や空き家で密かに祝うようになっている。そこでは通常、さまざまな食物、酒、果物などからなる御馳走が用意され、故人の霊魂が招来される。注目すべきは、死者を饗応するこうした風習は、昔のギリシャはホメーロス時代に、スカンディナヴィアで、東方で、また新世界の島々では今に至るまで、あらゆる異教の民に共通するものだということである。わが《祖霊祭》に特徴的なのは、それが万霊節〔死者の日〕辺りの日に当たることもあって、異教の儀式とキリスト教の表象とが混淆しているということである。食事や飲物や歌によって煉獄[49]の霊魂を慰安することができると民衆は理解しているのである。

祭のこうした敬虔な目的、人里離れた場所、夜という時、怪奇な儀礼は、かつて私の想像力を強く刺激した。頼みごとあるいは警告を携えて〔この世に〕戻って来る故人についてのお伽噺、物語、歌謡を私は聴いてきたが、それらすべての奇々怪々な虚構の中に、ある種の道徳的教え、ある種の戒めが民衆的な仕方ではあるが活き活きと描かれているのを目の当たりにした。

ここに刊行する長詩は、そのような考え方に基づく〔いくつかの〕情景を提示しようとするものだが、〔作中の〕儀式的歌謡、まじない、呪歌[50]などはほぼ忠実に、時として文字通り、民衆詩から採って来たものである。

40　poemaは長い詩の形式で、中国文学の「賦」に近い。
41　Dziady。
42　現ラトヴィア共和国西部地方の歴史的名称。
43　dziad。
44　罪の告白の後、贖罪のための生贄として牡山羊を屠って食べることを中心にした儀式。宴の残飯は地下に埋め、祖霊や大地の神々に供した。秋、収穫の後に行われ、プルテニアやサモギティア（ジェマイティヤ）などの地方では一六世紀まで残存していたという（『全集一九五五』四七八頁参照）。
45　Koźlarz。
46　Huslar。
47　Guślarz。
48　gęślarz。
49　神の恵みと神との親しい交わりとを保ったまま死んで、永遠の救いは保証されているものの、天国の喜びにあずかるために必要な聖性を得るように浄化（清め）の苦しみを受ける人々の状態。
50　inkantacja。

祭司——コロスの筆頭老人——村男・村女のコロス——礼拝堂、晩方

There are more things in Heaven and Earth,
Than are dreamt of in your philosophy.
Shakespeare[51]

51 『ハムレット』一幕五場。ハムレットのホレイショに対する台詞から。

天にも地にも、君たちの哲学者たちが夢にも
みなかった怪異があるのだ。[52]
シェイクスピア

52 ミツキェーヴィチによるポーランド語訳の和訳。

コロス〔八音節詩〕

一面真っ暗、一面音無し、
どうなる、どうなる？

祭司〔八音節詩〕

礼拝堂の扉を閉め、
棺を囲み、立つがよい。
ランプも無用、蠟燭も無用、
窓には黒き帷子(かたびら)掛けよ。
白き月の明かりの
隙より入(い)らぬよう。

老人

お前様の命じた通りになった。

コロス

一面真っ暗、一面音無し、

どうなる、どうなる？

祭司

煉獄の魂ども！
世界のいかなる方(かた)にあろうとも、
焦油のうちに燃える者も、
河の底に凍える者も、
より辛き罰とて、
生木に封じ込められて
竈の熱に苛まれ、
悲鳴あげ、さめざめ泣く者も、
どの魂も、寄り合いに急げ！
寄り合いはここに集え！
いざ祖霊祭を営まん！
聖なる御堂(みどう)に降(お)り来たれ。
お布施もあれば、お祈りもある、
食べ物もあれば、飲み物もある。

コロス
　一面真っ暗、一面音無し、
　どうなる、どうなる？

祭司
　わしに一握（いちあく）の亜麻をくれ、
　わしがそれに火を着ける。
　炎が上がったらすぐに、お前たち、
　そっと息吹きかけよ、
　そうだ、そうだ、もっともっと
　高く燃え上がらせよ。

コロス
　一面真っ暗、一面音無し、
　どうなる、どうなる？

祭司
　まずは軽い霊のお前たち、

闇と嵐の、
貧窮と涙と労苦の
憂き世にあって、
この一握の亜麻の如く
輝き、燃え上がった者たち。
お前たちの中で、迷って風の道を逸(そ)れ、
天の門まで昇れず終わった者がいれば、
軽々と明るい徴(しるし)もて
まじない、呼び寄せよう。

コロス

言え、お前たちの誰に何が足りぬ、
渇く者は誰、飢(かつ)える者は誰。

祭司

見よ、おお、見よ、上方を、
穹窿の下、一体何が光っている?
他でもない、黄金の羽で

はばたく二人の子供じゃ。
そよ風に舞う木の葉と木の葉の如く
御堂の天辺の下で飛び回る。
樹の上の一羽の鳩と一羽の鳩の如く
戯れ合う天使と天使じゃ。

祭司と老人

　そよ風に舞う木の葉と木の葉の如く
　御堂の天辺の下で飛び回る。
　樹の上の一羽の鳩と一羽の鳩の如く
　戯れ合う天使と天使。

天使（村の女の一人に）

お母さんの許へ、僕らはお母さんの許へゆくところ。
どうしたの、お母さん、ユージョがわからないの？
僕はユージョ、昔と同じ、
この子は僕の妹。ルージャ。[53]
僕らは今楽園[54]で飛び回り、

お母さんのところにいた時より幸せ。
ほら見て、光に包まれたおつむ、
明けの星の光でできたおべべ、
両の肩には
蝶々のような翼。
楽園ではすべてが満ち足りて、
毎日々々違うお遊び――
僕らが足を着けば、青草生(お)い出て、
僕らが触れれば、お花が開く。

でもすべてが満ち足りても、
僕らを悩ます倦怠、不安。
ああ、お母さん、あなたの子たちの
天にいたる道は塞がれている！

53　Róża――女性のファーストネーム。薔薇を意味する。
54　天国ではなく、天国に入る前の段階で、罪の軽い魂がいる場所。

コロス

でもすべてが満ち足りても、
僕らを悩ます倦怠、不安。
ああ、お母さん、あなたの子たちの
天にいたる道は塞がれている！

祭司

何が要る、小さな魂よ、
天国にたどり着くには？
神様にお祈りして欲しいか？
それとも甘い醍醐味か？
ここにはポンチキ[55]、焼き菓子、乳菓子が、
果物もあれば、すぐりもある。
何が要る、小さな魂よ、
天国にたどり着くには？

55 paczki——ドーナツに似た揚げ菓子。

天使

僕らは何も、何も要りません。
地上の甘味（あまみ）の余りの多さに
僕らは不幸せ。
ああ、僕は一生まるで
苦味を知らずに終わった。
愛撫、美食、お巫山戯（ふざけ）ばかり、
何をしてもよしよし、よしよし。
歌い、飛び跳ね、原を駆け、
ロザルカ[56]のために花を摘む、
それが僕の仕事だった、彼女の
仕事は人形に服を着せること。
僕らは祖霊祭に来ましたが、
お祈りや御馳走のためでなく、
生贄（いけにえ）の御弥撒（ごみさ）も要りません。
ポンチキ、乳菓子、揚げ菓子でなく――
辛子[57]を二粒下さいな。
そんなちっぽけなお恵みが、

どんな免罪符より有難い。

なぜなら、お聴きよ、そして心に留めて、
神の御裁きによれば、
只の一度も苦味を味わわざりし者は、
天国で甘味（あまみ）を味わうことも叶わぬものと。

56 女性のファーストネーム「ロザリア（Rozalia）」の愛称形。やはり「薔薇」の意味で、既出のルージャを言い換えたもの。
57 白芥子とも訳せる。初版では胡椒。

コロス

なぜなら、聴こう、そして心に留めん、
神の御裁きによれば、
只の一度も苦味を味わわざりし者は、
天国で甘味を味わうことも叶わぬものと。

祭司

天使よ、小さな魂よ！

お前の望んだものをば二人にやろう。
ここに一粒、これへ一粒、
今はもう心安らかに行くがよい。
《父と子と精霊》の名において！
主の十字架が見えるか？
人の頼みに耳傾けぬ者は、
食べ物も、飲み物も要らぬなら、
私たちに構わぬことだ。
　去ねや、去ね！

コロス

《父と子と精霊》の名において！
主の十字架が見えるか？
人の頼みに耳傾けぬ者は、
食べ物も、飲み物も要らぬなら、
私たちに構わぬことだ。
　去ねや、去ね！

（亡霊、消える）

祭司　はや物凄き子（ね）の刻到来、
扉を閉めて錠おろせ。
焦油を浸した炬火（たいまつ）一本束（つか）ね、
部屋中央に火酒（かしゅ）の釜置け。
わしが離れて杖を振る時、
火酒に火を着けるのじゃ。
ただ急げ、ただ臆せずに。

老人　わしの支度は出来た。

祭司　　　　　　　　わしが合図する。

老人

燃え立ち、滾り、
そして消えた。

コロス

一面真っ暗、一面音無し、
どうなる、どうなる？

祭司

次に、最も重い霊のお前たち、
重罪の鎖によって
身も心もともに
この憂き世に
繋がれた者たち。
死により苫屋を砕かれて、
死の天使に呼ばれながらも、
いまだ肉体の拷問から
逃れ得ぬ人生。

もし人々が、かくも厳しい
罰をやや緩め、
お前たちの身近に迫る地獄の
淵から救えるものなら——
まじない、呼び出(いだ)そう、
お前たちの元素もて、業火もて!

コロス
言え、お前たちの誰に何が足りぬ、
渇く者は誰、飢える者は誰。

声 (窓の外で)
おう、大鴉ども、木菟(みみづく)ども、雌鷲ども!
おお、呪わしい大食漢どもめが!
わしを礼拝堂の前におろせ、
一歩手前でいいからおろせ。[58]

58 悪い霊は聖堂に入れず、窓から覗き込むほかない。

祭司

何たること！　何たる化け物！
窓の外の亡者が見えるか？
野晒しのように白けた亡者が。
見よ！　見よ、何という面（つら）！
口は煙、稲妻を吐き、
頭に飛び出た眼玉は
灰の中の炭の如くに光り、
蓬髪、額にかかる。
神に見放された男の頭から、
乾いた茨の束が燃えながら、
炎の箒を放つが如く、
音を立てて火花が散る。

祭司と老人

神に見放された男の頭から、
乾いた茨の束が燃えながら、
炎の箒を放つが如く、

音を立てて火花が散る。

亡霊

（窓の外から）

子供たち！[59]　わしが分らんのか、子供たち？
近くでよく見ろ、
思い出すんだ！
わしはお前たちの今は亡き御主人だ、子供たち！
ここはわしの村だった！
お前たちがわしを墓に納めて、
今日でようやく三年が過ぎる。
ああ、神の御手（おて）は重すぎる！
わしは悪霊の手中にあって、
恐るべき責め苦に苛まれている。
夜が地を覆う時、
わしは闇を求めて降りてゆく。
太陽を避（さ）けながら
さまよう生活を続け、

その放浪に終わりは見えぬ。
わしは永劫の飢えの生贄――
一体誰がわしに餌などくれよう？
大食漢の鳥どもがわしを突つく――
一体誰がわしを守ってなどくれる？
無し、苦しみに終わり無し！

59　自らの子供ではなく、かつて自分が支配していた荘園で農奴として働いていた人々のこと。

コロス

大食漢の鳥どもが彼を突つく。
一体誰が彼を守ってなどくれる？
無し、苦しみに終わり無し！

祭司

一体何がお前の魂に要る、
業苦を回避するために？
天を讃えよと乞うか？
聖別された宴を乞うか？

乳も麺麭もたっぷりあり、
果物もあればすぐりもある。
言え、お前の魂に何が要る、
天国にたどり着くには？

亡霊

天国にだと？……徒(あだ)な冒瀆……
御免だ！　天国になど行きたくない――
わしの望みはただ一つ、一刻も早く
わしから魂が抜け出てくれること。
地獄に行く方が百倍もまし――
あらゆる責め苦も容易に耐えよう。
穢らわしき霊どもと、
永久に地上をさまよい、
昔の歓楽の跡、昔の醜行の
名残りを見るよりも、
地獄の底で呻吟するを望む。
東の涯から西の涯まで、

西の涯から東の涯まで、
渇きと飢えに死にかけながら、
猛禽どもの腹を満たしつづけるよりも。
だが如何（いかん）せん！　お前たちの、
わしの民のうちの誰かがわしに
食べ物、飲み物を恵んでくれるまでは、
神に見放された魂をこの体に
入れてさまよい続けるが定め。

ああ、この焼けつく渇き！
ほんの僅かな水でもあれば！
ああ、せめてわしに二粒の
小麦を恵んでくれるなら！

コロス

ああ、あの焼けつく渇き！
ほんの僅かな水でもあれば！
ああ、せめて彼に二粒の

小麦を恵んでやるなら！

夜の鳥たちのコロス

物乞いしても無駄、泣いても無駄さ――
木菟、大鴉、鷲木菟、
ここにこうして黒い隊列なした、
わしらは、お館様よ、昔あんたが
飢え死にさせた下人（げにん）たち、
今こそ喰わせて貰うぞ、今こそ飲ませて貰おう。
さあ、木菟、鷲木菟、大鴉！
鉤爪（かぎづめ）でもって、曲がった嘴で
お前の餌をば千々に裂こうぞ！
たとえ口に入れたとしても、
そこへ鉤爪を喰い込ませれば、
肝にまで届こうというもの。

情け知らずだったな、お館様よ！
さあ、木菟、鷲木菟、大鴉！

わしらも情けは無用——
餌をば千々に裂いてやろう、
餌が足らねば、お前の
躰を千々に裂いてやろう、
裸の骨が白々（しらじら）見えるまで！

大鴉

飢え死にするは好まぬてか！
では忘れたか、ある秋の日のこと
おらがお前様の庭に入った時のこと？
梨は熟れ、林檎は赤く色づいていた。
三日の間飲まず食わずのおらは
林檎をいくつか揺すって落とした。
しかし藪に隠れた庭番が
見とがめ、忽ち大騒ぎ。
狼でも見たように犬けしかけた。
おらは堤を越えられず、
追っ手どもに捕まった。

御前裁きが始まった。
何を争う？　火や水同様、
皆の幸せのため、神の下さった
森の果実を争う裁き。
けれども怒(いか)れるお館様は、声張り上げた——
《罰の恐ろしさを見せしめにせよ》。
村中の者が集められ、
おらは杭に縛りつけられ、
十把(とわ)の柳の枝で鞭打たれ、
まるでライ麦が穂から、
えんどう豆が乾いた莢(さや)から覗くように、
骨の一本々々が皮膚から剥がされた！
情け知らずだったな、お館様よ！

鳥たちのコロス
　さあ、木菟、鷲木菟、大鴉！
　わしらも情けは無用——
　餌をば千々に裂いてやろう、

餌が足らねば、お前の
躰を千々に裂いてやろう、
裸の骨が白々（しらじら）見えるまで！

木菟

飢え死にするは好まぬとな！
ではお忘れか、時は恰も
降誕祭前夜、極寒の中、
幼子抱いて門前に立ったわたしのことを。
お館様！　涙ながらにわたしは叫んだ、
寄る辺なき者にお憐れみを！　と。
亭主はすでにあの世往き、
娘はお前様に召され、
母は病の床に臥せって、
わたしは乳呑児をかかえる身。
お館様、どうかお恵みを、
もはや生きてはゆかれぬゆえ！　と。

だがお前様に心はない！
酒池肉林の遊興にうつつを抜かし、
奢侈贅沢の限りを尽くしながら、
お前様は側仕えに囁いた——
《客人方の耳に障る大声を表で立てるのは誰だ？
忌々しい乞食女など、追い払え》。
ならず者の側仕え、合点とばかりに
わたしの髪を掴んで門の外へ引きずり出した！
子供と一緒に雪の中へ放り出した！
打ちのめされ、凍りつきながらも、
寝床を見つけることも叶わずに、
わたしはわが子とともに路上で凍死。
情け知らずのお館様！

鳥たちのコロス
　さあ、木菟、鷲木菟、大鴉！
　わしらも情けは無用——
　餌をば千々に裂いてやろう、

餌が足らねば、お前の
躰を千々に裂いてやろう、
裸の骨が白々(しらじら)見えるまで！

亡霊

ない、わしにはどう仕様もない！
皿などくれても無駄なこと、
出されるものは端から鳥どもに攫われる。
無用だ、祖霊祭などわしには無用！

そうだ、未来永劫わしは苦しまねばならぬ、
正しきかな、神の計り定め給うことは！
なぜなら、只の一度も人間であったことのない者は、
人間によって助けられることもないのだから。

コロス

そうだ、未来永劫お前は苦しまねばならぬ、
正しきかな、神の計り定め給うことは！

なぜなら、只の一度も人間であったことのない者は、
　人間によって助けられることもないのだから。

祭司
お前を助けてくれるものがないのなら、
さっさと失せるがよい、哀れな者め。
《父と子と精霊》の名において！
主の十字架が見えるか？
人の頼みに耳傾けぬ者は、
食べ物も、飲み物も要らぬなら、
私たちに構わぬことだ。
　去ねや、去ね！

コロス
《父と子と精霊》の名において！
主の十字架が見えるか？
人の頼みに耳傾けぬ者は、
食べ物も、飲み物も要らぬなら、

私たちに構わぬことだ。
去ねや、去ね！

（亡霊、消える）

祭司
皆の者、その花の輪飾りを
杖の先に着けてくれ。
聖別された薬草をわしが燃やせば、
煙が立ち、光が立つ！

コロス
一面真っ暗、一面音無し、
何がはじまる、何がはじまる？

祭司
今度はそなたたち、中間の霊ども、
闇と嵐の
この憂き世にあって

民の中で生きた霊たちの番だ。
そなたたちは、人間の欠点もない代わり、
人のために、世のために生きてはいなかった。
木立薄荷[60]、銭葵の如く、
実も花も役には立たず、
牛馬の餌にもならねば、
人のまとう服にもならず。
ただ香り高い輪飾りに編まれて、
壁の上、高みに吊るされるのみ。
おお、胸も眼も、手の届かぬ
高みにあった娘ども!
　穢れなき翼を持ちながら、
今日まで天国の門をくぐれずにいる
そなたたちを、この明かりと薫き物もて
まじない呼ぼう、迎えよう。

60　czabry——『全集一九五五』によれば(四八〇頁)、ミツキェーヴィチの故郷ではむしろイブキジャコウソウの一種だろうというが、辞書通りの訳のままにした。

コロス

言え、お前たちの誰に何が足りぬ、
渇く者は誰、飢える者は誰。

祭司

あれは生神女(しょうしんじょ)[61]の像？
はたまた天使の姿か？
湖から水を得ようと、雲から
雲へ、軽々と輪を転がす如く、
すべり下(くだ)る虹の女神か、[62]
礼拝堂に光り輝くその姿。
白妙(しろたえ)の衣(ころも)、足下へ流れ、
髪はそよ風と戯れ、
頬には笑みがよぎれど、
眼には不遇の涙。

61 原文は Bogarodzica で「神を生みし者」、つまり聖母マリアのこと。ここではこの正教会の用語がよりふさわしいので用いた。
62 「虹よ、虹よ、水呑むな、民に災いもたらすな」というポーランド語の諺があるが、ギリシャ神

話で言う虹の女神「イリス」のように擬人化された虹が、川や湖から水を飲んではそれを雨に変えるという俗信に基づくか。原文には「女神」の語はないが、擬人法を生かすためにあえて加えた。ポーランド語の「虹」も女性名詞。

祭司と老人

白妙の衣、足下へ流れ、
髪はそよ風と戯れ、
頬には笑みがよぎれど、
眼には不遇の涙。

祭司と娘
二重唱（デュオ）[63]

祭司

御髪（おぐし）には色とりどりの花の輪飾り、
手には緑の小枝、

63　この「二重唱」と後出の「詠唱」「朗唱」は初版にはあったが、二版以降はミツキェーヴィチ自身によって削除された言葉。『全集一九五五』にはないが、『文庫一九二五』に従って、あえて訳出した。

娘

娘の前を仔羊が駆け、
娘の上では蝶が舞う。
おいで、おいで、あたしの羊と
休むことなく羊を呼べど、
羊はいっかな寄りつかぬ。
小枝ふりふり蝶々を追うが、
ようよう手にした、と思えば
蝶々はいつでも逃げおおす。

御髪(おぐし)には色とりどりの花の輪飾り、
手には緑の小枝、
あたしの前を仔羊が駆け、
あたしの上を蝶が舞う。
おいで、おいで、あたしの羊と、
休むことなく羊を呼べど、
羊はいっかな寄りつかぬ。
小枝ふりふり蝶々を追うが、

ようよう手にした、と思えば
蝶々はいつでも逃げおおす。

娘
詠唱(アリア)〔八音節詩〕
むかしここで、春の朝には、
村で一番の器量よし、
ゾーシャが羊に草食(は)ませ、
陽気に跳びはね、歌(うと)うてた。
　ラララララ。

番(つが)いの鳩と引きかえに、
オレシは一たびの口づけ願ったが、
その願いも、捧げ物も
笑い飛ばした娘の浅はかさ。
　ラララララ。

ユージョは娘にリボンを与え、

アントシは心を与えたけれど、
ユージョもアントシも
相手にせぬと笑うゾーシャは臆病娘。
ラララララ。

（ゲーテに拠る）[64]

64　ミツキェーヴィチの自注。ゲーテの詩 Die Spröde（つれない娘）の自由な訳。

朗唱（レチタティーヴォ）〔混合音節詩〕

そう、あたしはこの村の娘、ゾーシャだった。
器量よしでも、嫁にゆく気はなくて、
十九の春も遊び過ごし、
苦労も知らず、まことの幸せも
知らずに死んだと、
ここでは皆に知られた名前。
この世に生きてはいた。けれど、ああ！　世のために生きてはおらず！
翼の生えたあたしの想いは、あまりに高く舞い上がり、
決して地上の野原でじっとはしておれず、
軽やかな春のそよ風を、
小さな虫を、色とりどりの花の輪飾りを、

蝶々や羊を追いかけた。
けれども恋人を追いかけることは決してなかった。
あたしの器量を好んだ
羊飼いたちの方へと群れを追い立てながら、
一人で羊に草食ませる時はよく、
彼らの歌や笛に喜んで耳傾けた。
けれども誰一人愛しはしなかった。
その代わり、死んでからというものは、なぜかは知らず、
覚えのない炎に身が燃える。
風の吹くまま、思うがままに
遊び回り、飛んでゆき、
何一つ悲しいことも辛いこともなく、
したいことのし放題。、
虹でフリルを紡ぎ織り、
透き通る朝の涙[65]で
蝶々や鳩を作り出す。
この物憂さはなぜ、と問うても答はわからず。
物音一つするたびに、誰かと待ち受けるけれども、

ああ、結局いつでもあたしは一人ぼっち！
まるで羽毛のように、休みなく
風に吹き流される自分が憐れ。
自分がこの世のものか、あの世のものかもわからずじまい。
どこかへ流れ着きそうになれば、忽ち風が引き離し、
上へ、下へ、横へと追い立てる。
こうして臆病波に揺られながら、
永遠（とわ）の通い路（じ）、往（ゆ）きつ戻りつ、
天まで昇るも、
地に足着くことも叶わぬあたし。

65　朝露。

コロス

こうして臆病波に揺られながら、
永遠の通い路、往きつ戻りつ、
天まで昇るも、
地に足着くことも叶わぬ娘。

祭司

何が要るのだ、かわいい魂よ、
天国にたどり着くには？
神様にお祈りして欲しいか？
それとも甘い醍醐味か？
ここにはポンチキ、焼き菓子、乳菓子が、
果物もあれば、すぐりもある。
何が要るのだ、かわいい魂よ、
天国にたどり着くには？

娘

あたしは何も、あたしは何も要りませぬ！
ただ、若い衆が駆け寄って、
あたしの両手をしっかと摑み、
地面に引っ張り降ろしてくれさえすれば、
その者たちと暫く遊びましょう。
　なぜなら、お聴きよ、そして心に留めて、
神の御裁きによれば、

只の一度も地に足を着けざりし者は、
決して天国に昇ることも叶わぬものと。

コロス

なぜなら、聴こう、そして心に留めん、
神の御裁きによれば、
只の一度も地面に足を着けざりし者は、
決して天国に昇ることも叶わぬものと。

祭司

（数人の村の男たちに向かって）
駆けても無駄じゃ。所詮は儚き幻、
哀れな娘じゃ、お手てを伸ばしても無駄、
じきに風の一息で吹き飛ばされよう。
だが泣くな、麗しき乙女よ！
今わしの瞳の前に、
未来の裁きが明かされた――
あと二年、お前は風とともにひとり

飛び回っておらねばならぬが、
その後（のち）、天国の敷居の向こうに立つだろう。
今は祈りも何一つもたらさぬ。
神様に見守られ、自由に飛んでゆくがよい。
《父と子と精霊》の名において！
主の十字架が見えるか？
食べ物も、飲み物も望まなかったな？
人の頼みに耳傾けぬ者は、
私たちに構わぬことだ。
去（い）ねや、去（い）ね！

コロス

《父と子と精霊》の名において！
主の十字架が見えるか？
食べ物も、飲み物も望まなかったな？
人の頼みに耳傾けぬ者は、
私たちに構わぬことだ。
去ねや、去ね！

（乙女、消える）

祭司

今度はすべての霊魂を一緒に、
すべてを、そして一々別に、
最後の命令で呼び寄せる！
これはお前たちのための粗餐だ。
一握の芥子(けし)の実、扁豆(ひらまめ)を
礼拝堂のすべての隅に撒く。

コロス

取るがよい、足りぬものを、
渇く魂、飢える魂よ。

祭司

礼拝堂の扉を開く時が来た。
ランプと蠟燭を灯せ。
子の刻過ぎて、雄鶏が鳴き、

物凄き供養は終わり、
父祖の歴史を想い起こす時来たれり。[66]
待て……

66 「牡山羊の宴」は、先祖たちの偉業や武功を称える叙事詩的な歌で締めくくられた（『全集一九五五』四八一頁）。

コロス
一体何者？

祭司
またも死霊（しりょう）か！

コロス
一面真っ暗、一面音無し、
どうなる、どうなる？

祭司
（村の女の一人に向かって）

羊飼いの女よ、そこの喪服の者……
立ち上がれ、わしの気のせいか、
お前は墓の上に坐っているのか？
子供たち！　見よ、何としたこと！
床が沈み、蒼白き亡霊がせり上がる。
そして羊飼いの女の方へ向かって歩み、
女の傍らに立ち止まる。
女に向ける顔、
新年の雪の如く
白きその顔、その衣。
獰猛、陰鬱なまなざしを
女の眼の中にすっかり沈めた。
見よ、ああ、見よ、あの心臓を！
真っ赤なリボンの如く、
或は列なる珊瑚の如く、
胸から足下に達する、
真っ赤な筋ひとつ。
一体何者、皆目見当もつかぬ！

手で自らの心臓を指し、
女に言葉を掛けるでもない。

コロス
一体何者、皆目見当もつかぬ。
手で自らの心臓を指し、
女に言葉を掛けるでもない。

祭司
何が要るのだ、若き霊よ、
天に祈りを捧げて欲しいか？
それとも聖別された御供物か？
ここには乳も麺麭も充分ある、
果物もあれば、すぐりもある。
何が要るのだ、うら若き霊よ、
天国にたどり着くには？
（亡霊、黙っている）

コロス

一面真っ暗、一面音無し、
どうなる、どうなる？

祭司

答えよ、蒼白き死霊よ！
どうした、一言（ひとこと）も答えぬか？

コロス

どうした、一言も答えぬか？

祭司

御弥撒もピェロギ[67]も要らぬなら、
神様に見守られ、去るがいい。
《父と子と精霊》の名において！
主の十字架が見えるか？
人の頼みに耳傾けぬ者は、
食べ物も、飲み物も要らぬなら、

私たちに構わぬことだ。
　去ねや、去ね！
（亡霊、立ったままでいる）

コロス
《父と子と精霊》の名において！
主の十字架が見えるか？
人の頼みに耳傾けぬ者は、
食べ物も、飲み物も要らぬなら、
私たちに構わぬことだ。
　去ねや、去ね！

祭司
何とおぞましき化け物？
去りもせねば、口も利かぬ！

67　餃子に似た庶民的な食べ物。中の餡はチーズ、挽肉、野菜、ベリー類など。

コロス

去りもせねば、口も利かぬ！

祭司

呪われし魂か、祝福されし魂か知らぬが、
聖なる儀式の場から去るがよい！
ぽっかり開いたこの床から、
入り来たった如くに出てゆくがよい。
さもなくば神の名においてお前を呪う。
（休止の後）
森へなり、川へなりと去るがいい、
そして消えよ、永遠に失せるがいい！
（亡霊、立ったままでいる）
何とおぞましき化け物？
口も開かず、失せもせぬ！

コロス

口も開かず、失せもせぬ！

祭司

請うても無駄、脅しても無駄、
呪詛をも畏れぬ。
祭壇の聖水刷毛をよこせ……
何と、聖水すら利かぬ！
禍々しき化け物は、
墓場の石の如く、
喋らず、聞かず、動きもせず、
その場に突っ立ったまま。

コロス

禍々しき化け物は、
墓場の石の如く、
喋らず、聞かず、動きもせず、
その場に突っ立ったまま。

一面真っ暗、一面音無し、

どうなる、どうなる？

祭司

人智を超えし、これは出来事！
女よ、お前はあの者を知っておるのか？
これには何やら恐るべき事情がある。
その喪服は誰のためじゃ？
夫も家族も達者ではないか？
一体何ごと！　一言も言わぬ気か？
見よ、口を利くがいい！
おお、女子(おなご)、お前も死人(しびと)か？
一体何見てほほ笑む？　何を見て？
あの者の何が嬉しい？

コロス

一体何見てほほ笑む？　何を見て？
あの者の何が嬉しい？

祭司

ストラ[68]と大蠟燭（グロムニーツァ）を渡せ、
火を灯し、聖別せん……
灯しても無駄、聖別しても無駄、
呪われし魂は姿を消さぬ。
皆の者、羊飼いの女の腕を取り、
礼拝堂の外へ連れ出せ。
何を見返る？　何を？
あの者の何に惹かれる？

コロス

何を見返る？　何を？
あの者の何に惹かれる？

祭司

何としたこと、亡霊が足を踏み出す！
われらと女の行く手、女の後をどこまでも……

68　カトリック教会の司祭が儀式のおりに首から前に垂らして掛ける帯状の布。

どうなる、どうなる?

コロス

われらと女の行く手、女の後をどこまでも。
どうなる、どうなる?

祖霊祭　第四部

司祭の住居――夕食直後、片付けの済んでいない食卓――司祭――隠者――子供たち――卓上に二本の蠟燭――聖母マリアの聖画(イコン)の前にランプ――壁に振り子時計

Ich hob alle müirbe Leichenschleier auf, die in Särgen lagen — ich entfernte den erhabenen Trost der Ergebung, bloss um mir immer fort zu sagen: "Ach, so war es ja nicht! Tausend Freuden sind auf ewig nachgeworfen in Grüfte und [du] stehst allein hier und überrechnest sie!" Dürftiger! Dürftiger! Schlage nicht das ganze zerrissene Buch der Vergangenheit auf!... Bist du noch nicht traurig genug?

Jean Paul[69]

69　一七九六年出版の『ジャン・パウル作、巨大な女神像の頭蓋の下での伝記の楽しみ。一つの精霊物語』(*Jean Pauls biographische Belustigungen unter der Gehirnschale einer Riesin.Eine Geistergeschichte*)。

私は棺の中にあったすべての朽ちた死体を覆う布を持ち上げた――私は忍従の崇高な慰めを遠ざけて、単に絶えずこう自分に言い続けた。「嗚呼。かつてはこんなではなかった――数千の喜びが永遠に続々と墓穴に投げ込まれる、そして汝はここに一人っきりで立っていて、その数を概算している」。窮した者よ、貧しい者よ、過去の引き裂かれた本全体をひもとくなかれ……汝はまだ十分に悲しくないのか。[70]

70　『ジャン・パウル中短編集II』(九州大学出版会・二〇〇七年刊)所収、『伝記の楽しみ』三〇九～三一〇頁より。恒吉法海氏の訳文から、引用に該当する部分のみ拝借した。ミツキェーヴィチの引用は途中をかなり略したもの。

司祭〔八音節詩〕

食事は終りだ、子供たち！
さ、日々の糧のあとは、
私の回りにひざまずき、
天なる父に感謝するのだ。
今日の日[71]は、われらの中から
選ばれて、煉獄の責苦に悩む、
キリスト教徒の魂がため、
教会が奉（まつ）る日だ。
（本を開く）
彼らのために神にたて奉ろう、
ふさわしき教え、ここにあり。

71　万霊節。

子供たち

（声に出して本を読み始める）
《その時……》[72]

72　新約聖書の福音書から選ばれた一節を読み始める。

司祭　誰だ？　戸を叩くのは誰だ？

（奇妙ないでたちの隠者、姿を見せる）

子供たち　イエズス、マリア！

司祭　戸口にいるのは一体、誰だ？

（困惑して）

そのなりは何者？……何の用だ？

子供たち　ああ、屍（しかばね）だ、屍だ！　亡者だ、ならず者だ！

父と子と精霊の名において！……消えろ、うせろ！

司祭　兄弟よ、お前は何者だ？　応えよ！

隠者　屍……屍！……そうさ、坊や。

（のろのろと悲しげに）

子供たち　屍……屍……わ！　父さん[73]を連れてゆかないで！

73　この司祭はローマ・カトリックではない、ギリシア・カトリック教会の聖職者であるため、妻帯できた。その妻、つまり子供たちの母がすでに他界していることは後出。

隠者　死者か！……いや違う！　世から見てのみ亡き者だ！
私は隠者だ、私の言うことがわかるか？

司祭　こんなに晩く、どこからやって来た？

何者だ？　お前の名は？
よくよく近くで見れば、
この辺りで見たこともあるような顔。
言ってくれ、兄弟、どこの氏の者だ？

隠者

そうだ！　確かにここにいた……ああ、その昔！　若い頃！
死ぬ前だ！……いずれ三年になる！
だが私の氏や名を聞いてどうする？
弔いの鐘が鳴れば、鐘のそばには堂守が居る、
人々はきまって尋ねる――身罷ったのは誰？　と。
（堂守を真似て）
《知ってどうする？　祈っておればそれでいい》
この私も、世から見れば亡き者だ。
知ってどうする？　祈っておればそれでいい。
私の名は
（時計を見やる）
まだ早い……教えることはできぬ。

遠くから来て、地獄か楽園かは知らぬが、
その国へと向かう者。
司祭様よ、教えてくれ、もし知っているなら、道を！

司祭

（優しく、ほほ笑みながら）
死の道は、誰にも教えようとは思わぬ。
（親しみと自信を見せて）
われら司祭は、誤った道を正すのみ。

隠者

（恨めしそうに）
他の者がさまよい歩く時、神父は、狭いながらもわが家にいて、
世界が平和であろうと騒乱に満ちようと、
どこかで民族が倒れようと、愛する人が死に逝こうと、
一切気にかけず、子供たちと暖炉を囲む。
だが私は、雨降りつづく暗い季節の中、ひとり苦しむのだ！
吹き荒ぶ、外の嵐が聞こえるか？

閃めく雷光が見えるか？
（部屋を見回す）
狭いながらもわが家にある、祝福されし生活！
（歌う）
　恋を知らずば、日々は幸せ、〔六＋六＝一二音節の二行〕
　夜も穏やか、昼も愁えず。　（俗謡から）[74]
　　静かなわが家で！〔六音節〕

74　ミツキェーヴィチの自注。

（歌う）〔八音節詩〕
　肩聳やかす高殿から、
美しい人よ、わが苫屋へ降り来たれ。
わが家には摘んだばかりの花もある、
私の胸にはやさしい心もある。

睦み合う小鳥たちも目にすれば、
せせらぎの銀の水音も耳にしよう。
愛し合う男と女であれば、
隠者の小屋で事足りよう。　（シラーに拠る）[75]

司祭
それほどわしの家や暖炉を褒めそやすなら、
見よ、女中が薪をくべてくれる、
坐って暖を取るがよい。貴男には休息が必要だ。

隠者
暖を取れとな！　結構、神父、最上等の御助言だ！
（胸を指しながら、歌う）
知るまい、ここに如何なる熾火（おきび）が、
雨であろうと、寒かろうと、
常に燃えていることか！
時に私は雪を、氷を摑み、
熱い胸に押しあてる。
雪も溶け、氷も溶け、
わが胸から蒸気が噴き出て、
炎がたちのぼる！

75　ミツキェーヴィチの自注。Der Jüngling am Bache（小川の畔の若者）の自由な訳。

鉱石も岩石も溶かそう、それは
これよりも一千倍、百万倍、
（暖炉を指差しながら）
猛烈なのだ！
雪も溶け、氷も溶け、
わが胸から蒸気が噴き出て、
炎がたちのぼる！

司祭
（傍白）
自分のことのみ話しおる――こちらを見もせねば、聞いてもおらん。
（隠者に）
だが全身ずぶ濡れ、顔色悪く、
ひどく凍えて、木の葉のように震えておる。
お前さんが誰であれ、長い道のりを来たに違いない。

隠者
私が誰か？……まだ早い……教えることはできぬ。

遠くから来て、地獄か楽園かは知らぬが、
その国へと向かう者。
ところで、私はあなたにささやかな戒めを与えよう。

司祭
（傍白）
どうやら、対処法を変えねばいかんらしい。

隠者
教えてくれ……死に至る道をよく知っているのなら。

司祭
いいとも、あらゆる便宜をはかる用意はある。
しかしお前の年齢から墓までの
街道はあまりに長いぞ。

隠者
（当惑し、悲しげに独白）

ああ、あれほど素速く、あれほど長い街道を駆け抜けてきたのに！

司祭　だからこそお前は疲れはて、病んでいるのだ。
食事を取るがいい。すぐに食べ物、飲み物を持って来よう。

隠者　（錯乱した様子で）
その後で、一緒に行ってくれるのか？

司祭　（ほほ笑みながら）
よいかな？　　　旅支度をするとしよう。

隠者　（放心状態で、なげやりに）
いいとも。

司祭　　おいで、子供たち！
さあ、わが家にお客様だ。
わしが戻るまで、お相手申し上げるのだ。
（去る）

子供　（見つめて）
お客様はどうしてそんなにおかしな格好をしているの？
お伽噺に出て来るお化けか山賊みたい。
色々な切れで作った上衣に、
お頭（かしら）には草や木の葉、
きれいな唐布（キタイカ）[76]に擦り切れた麻布？
（子供が短刀に気づく。隠者、それを隠す）
紐に結わえた鉄の板は何？
とりどりのお数珠、色々なリボンの切れ端は？
ハ、ハ、ハ、ハ！

お客様は本当にお化けみたい！
ハ、ハ、ハ、ハ！

76 kitajka——直接にはロシア語で中国を意味する「キタイ」から。絹もしくは艶出しをした綿の服地で、高級なイメージ。

隠者

（さっと身を引き、何事か思い出した風で）
いや、子供たちよ、私のことを笑うべきでないぞ！
聴くがいい。私は若い時分、さる女性を知っていた、
私と同じく、同じ理由で不幸せだった女性を！
彼女は同じようなこういう服を着て、頭に木の葉を載せていた。
彼女が部落に入って来ると、村中の者が総出で、
彼女の貧しさをなぶり、
追いたて、笑い、罵り、
真似てからかい、指弾した——
私はただの一度、ただの一度笑っただけだ！
その罪で、かも知れないのだ……神の裁きは常に正しい！
しかしあの頃誰が予見したろうか、

私が同じ服を着ることになると？
あれほど幸せだった私が！
（歌う）
　恋を知らずば、日々は幸せ、
　夜も穏やか、昼も愁えず。

（司祭、ワインと皿を持って登場）

隠者
（あえて快活さを装い）
神父、悲しい歌はお好きかな？

司祭
生まれてこの方さんざん聴かされてきた、お蔭様でな！
だが、希望を捨てずにおこう、悲しみの後には楽しみがある。

隠者
（歌う）〔八音節詩〕

恋を去るは味気なし、
恋に至るはいと難し。（俗謡から）[77]
単純な歌だが、意味するところは悪くない！

司祭　よし！　それは後にして、まずは皿を覗くとしよう。

隠者　単純な歌だ！　おお！　物語の中にはもっとましな歌が沢山あるぞ！
（ほほ笑みながら、書棚から本を数冊手に取り）
神父、エロイーズの生涯をご存じかな？
ヴェルテルの情熱と涙はご存じか？
（歌う）〔一〇音節詩〕
これほど辛抱し、これほど苦しみ抜いた私は、
苦痛を恐らく、死によって癒やされよう。
もしも移り気な情熱で傷つけたのであれば、
その傷を、私は自らの血で贖おう。（ゲーテに拠る）[78]

77　ミツキェーヴィチの自注。

78　これもミツキェーヴィチの自注だが、正しくはゲーテではなく、一八世紀末ドイツで流行ったと言われる Carl Ernst Reitzenstein の詩 Lotte bei Werthers Grabe（ヴェルテルの墓の傍らのロッテ）の自由な部分訳（『全集一九五五』四八三頁）。

（短刀を取り出す）

司祭

（隠者を押しとどめ）

何の真似だ?……狂ったか！　そんなことは許されん。

子供たち、この者の拳をほどき、刃物を取り上げるのだ。

お前はそれでもキリスト者か？　そんな不信心な考えで！

お前は福音を知っておるか？

あなたは不幸を知っているのか？

隠者

（短刀をしまう）

いいだろう！　時間前に始めるべきではない。

（時計を見る）

時針は九時にあり、燃える蠟燭は三本[79]！

79　第四部冒頭にある舞台設定では、卓上に蠟燭が二本、聖画の前に「lampa ランプ」とあり、末尾でも聖画の前の「ランプ」が消えるとある。油などを燃やすランプと蠟燭は違うのだが、ここではっきり蠟燭が三本と書かれている。

（歌う）

これほど辛抱し、これほど苦しみ抜いた私は、
苦痛を恐らく、死によって癒されよう。
もしも移り気な情熱で傷つけたのであれば、
その傷を、私は自らの血で贖おう。

何ゆえ貴女はこれほどまでに私の愛を奪った？
何ゆえ貴女の眼差しに私は出会ってしまった？
あれほど多くの娘の中から私が選んだ一人、
それが今や他人の指輪によって囚われの身！

ああ、もしあなたがゲーテを原文で知っているのなら、
もしもそこに彼女の声とピアノの音があったならば！
しかしどうだ？　あなたが考えるのは神を讃えることのみ、
わが身分の職責を全うしようと、それればかり。

（一冊の本をぱらぱらとめくり）
しかし世俗の書物も嫌いではないな？
ああ、この、殺人的な書物どもめが！
（本を投げる）
わが青春の天国と拷問！
書物はわが両の翼の付け根を挫き、
上方に折り曲げた。
爾来、私は下に向かって飛べなくなったのだった。

夢でのみ会える蠱惑の幻を愛した男。
地上的な物事の退屈な成り行きに飽き足らず、
ありふれた性質の人間たちを軽蔑し、
私は探した、ああ！　探したのだ、彼女を、
陽光照らす世界には現れることのない、ひとえに
情熱の吐息が、想像の泡立つ波に吹きつけ膨らませ、
欲望が己れの花々で飾りつけたに過ぎぬ、あの神々しい女性を。
しかし冷たい当世に理想はなく、
私は現在から黄金の世紀へと身を移し、 80

詩人たちが空想した空を飛び回った、
追いかけ、迷い、迷えど不撓不屈の伝令として。
やがて、遠い国を甲斐なく歩き回った末、
私は下降し、歓楽の汚い河に身を投げる瀬戸際――
身を投じる前に、今一たび周囲を見回した！
そして遂に彼女を見つけたのだ！
自分の近くに見つけた、
彼女を見つけたのだ！……彼女を永遠に失うために！

80 「世紀」は原文では複数形。ポーランド文化史上の「黄金の世紀」は一六世紀。代表的な詩人はヤン・コハノフスキ（一五三〇～八四）。ただし『全集一九五五』では、特定の歴史上の時代ではなく、不特定な伝説上の黄金時代、理想の時代と解している。

司祭

お前の苦悩はよくわかる、不幸せな兄弟よ！
しかし希望もあるのでは？　手立てもさまざまある……
ところで、病に罹って久しいのか？

隠者　病？

司祭　失ったものを嘆き悲しむこと久しいのか？

隠者　いつからか？　私は誓ったのだ、それは言えないと――
別の者があなたに告げるだろう。私には同行（どうぎょう）がいる、
常にその者と道をともにしているのだ！
（辺りを見回し）
ああ、この何と暖かく居心地のよい静けさ。
外は暴風、雷、大雨！
私の連れは哀れにもきっと戸口で震えていることだろう。
無慈悲な裁きがわれら二人ながらを追い立てるからに、
善良なる神父よ、連れもお宅に入れてはくれまいか。

司祭　貧しき者に扉を閉ざしたことは一度とてない。

隠者　いや待て、待て、兄弟、私自身が彼を招じ入れよう。
（去る）

子供たち　ハ、ハ、ハ！　父さん、あの人どうなっているの？
走り回り、わけの分からないこと言って。
何て変てこな服なの！

司祭　子供たち、泣く者を笑う者は、やがて自ら泣く！
笑うでない！　あれはひどく貧しく、病気の人間。

子供たち　病気？　あんなに走れるし、元気に見えるよ！

司祭
元気なのは顔だけで、心には深い傷をかかえている。

隠者
（樅の木の枝を引きずりながら）
来るんだ、兄弟、こっちだ！……

司祭
（子供たちに）
あの人は頭がおかしい。

隠者
（樅の木に）
来るんだ、兄弟、優しい神父さんを怖がる必要はない。

子供たち
父さん！　ああ、見て、あの人の手にしている物――

大きな樅の枝を持った山賊みたい。

隠者　（司祭に枝を見せながら）
隠者が友を見つけるのはせいぜい森の中！
彼の姿に驚いたかな？

司祭　誰の姿に？

隠者　私の友の。

司祭　何と？　その棒切れの？

隠者　不格好だろ、言ったように、森に育ったからな。

御挨拶だ！

（枝を持ち上げる）

子供たち　〔隠者に向かって〕

何してるの？　何してるの？　ああ、山賊め！

出て行け、人殺し、わたしたちの父上を殺さないで！

隠者　おお、そうだとも、子供たち、こいつは大悪党だ。

だが、こいつが殺せる相手はこいつ自身だけだ！

司祭　気を確かに、兄弟。その樅の木で何をする？

隠者　樅の木？　ああ、博学の神父様！　おお、頭（あたま）、汝、頭よ！

もっとよく見るんだ、糸杉[81]の枝と知りたまえ。

これは別離の思い出、わが運命の象徴。
（書物を何冊か取り上げる）
書物を手に取り、過ぎ去った時代の歴史を読みたまえ。
ギリシア人たちの間では、二つの樹木が神々に捧げられた。
愛し、その愛しい相手からも愛された男は、
銀梅花（ミルトゥス）[82]の緑の枝で、幸せな髪を飾った。
（休止の後）
彼女の手折った糸杉の枝はいつも、
最後の《お元気で！》を思い出させる。
受け取り、仕舞った糸杉は、常に忠実な供でいてくれる！
感情は持たぬが、持つと言われる人間どもよりも優しい。
私の泣き言にも笑わず、繰（く）り言にも呆れはしない。
あれほどいた友のうち、ただ一人残った友！
私の心の秘密をすべて知る友。
もしも私のことを知りたければ、聞け、この友に、
二人きりにしてやろう、そして後はこの友から聞くがいい。
（枝に）
愛しい人の喪失を、私がいつから嘆いているか、言ってくれ。

ずいぶん昔に相違ない！　何年も何年も昔のことだ！
彼女から糸杉を手渡された時のことを覚えている、
それはこんな小さな木の葉だった、こんなにかわいい。
私はそれを遠くまで携えて行き、砂に植えた……
そして熱い涙の河で潤しつづけた。
見よ、今やどんな立派な枝に育ったことか、
何と密に繁った、堂々たる枝に！
最悪の苦悩が衝き上げる時、
怒れる天[83]を見上げたくない私は、
このしだれる枝葉で私の墓を蔽った。
（優しくほほ笑み）
ああ、彼女の髪はまさしくこの色、
この糸杉の枝の色だった！
見たいか？　見せよう。
（懐中をまさぐり、引き出そうとする）
　　　　　　　　髪の房が引き剥がせない。
（次第に力を込めて）
乙女の髪の……柔らかなひと房……

これを胸に載せるや否や、
苦行帯[84]のようになって背にまで回り込み、
胸に食い込み……体に入っていった！……
食い込み、めり込み、もうじき私の息の根も止めるだろう！
私の苦しみは大きい！　ああ！　私の罪もまた大きいからだ！

81　死の連想があり、墓地に植える。
82　愛の連想があり、結婚式の種々の飾りに用いた。「茨に代わって糸杉が／おどろに代わってミルトスが生える」（新共同訳『旧約聖書』「イザヤ書」五五・一三）。
83　「隠者」が自殺したことを神が咎めているというのが『全集一九五五』の解釈。
84　修道士が苦行や贖罪のために着用した、馬の毛などの粗く刺々しい素材や鎖から作る帯。

司祭
落ち着け、落ち着け！　慰めの言葉を受け取るがいい！
この世におけるお前のいかなる罪に対する、
ああ、それほどまでに怖ろしい苦痛も、わが子よ、
神があの世で引き受け、清算してくれよう！

隠者
罪？　一体私のどんな罪だと言うのか？

無垢な愛は永劫の苦悩に値するとでも言うのか？
同じ神が愛を創り、女の美を創った。
そして二つの魂を魅力という鎖で
永遠に結びつけたのだ！
神が魂を光の源から取り出す以前、
魂を創り、肉体という喪服により被う以前、
それより以前に結ばれた二つの魂！
悪人どもの手によりわれらが引き離された今も、
その鎖は伸びこそすれ、壊れはせぬ！
障碍（しょうがい）に隔てられたわれらの思いは、
一つの焦点から伸びる鎖によって描かれた
同じ一つの円周を走りつづけ、
遭遇することは決して叶わぬ。

司祭
神様が結ばれたのであれば、人が切り離すことはできぬ[85]！
お前たちの悩みも、あるいはめでたい結末を迎えるかも知れぬ。

85 『新約聖書』「マタイによる福音書」一九・六「神の合せ給ひし者は人これを離すべからず」。

隠者

みすぼらしき肉体を逃れて高く舞い上がった魂と魂が、
ふたたび溶け合い、一つになった時には、そうも言えよう！
なぜなら、地上ではわれらの希望はすべて潰え、
地上の私は、愛しい人とは永久に別れたのだから！

（休止の後）

その別離の映像は、今もこの目に浮かぶ。
思い出す、秋も深まり……夜寒の中だった。
翌朝出立する私は……庭園をさまよっていた！
思索しながら、祈りながら、私が探し求めていたのは、
彼女の最後の眼差しという弾丸から、
私の生来柔な心臓を守るために着せる鎧だ！
目の移るまま、繁みから繁みへと私は歩き回った。
あれほど美しい夜はなかった！　今でも私は忘れない――
その数時間前、雨に洗われ、
大地は辺り一面、珠のような雫にきらめいていた。
谷は雪の海のような霧をまとい、

一方からぶあつい雲が、溶岩のような闇を追い立て、
もう一方から、蒼白い月が覗き、
星々が、夜の軌道に沿って空に身を沈めてゆく。
目をやると……私の頭上に東の星が輝いている。
そう、爾来よく見知ったその星と私は毎日挨拶を交すのだ！
下の方……並木道を見ると……どうだ、四阿の傍らに、
思いもかけず、彼女の姿があるではないか！
黒々とした樹々の間に白々と浮かぶドレスで、
墓石の立柱にも似て、じっとその場に佇んでいた。
やがて彼女は駆け出した、軽やかな微風のように、
眼は地面に向けたまま……私の方を見もせずに！
その顔は真っ蒼。
私は身を傾け、横から覗き、
その眼に涙を認めた。
明日、私は言った、私は明日出発する！
《お元気で》——と、彼女は、辛うじて聞こえるほどの微かな声で応じた。
《忘れて！》……私が忘れる？　おお、命ずるは易し！
自らの影に命ぜよ、愛しい人、ただちに消えるようにと、

そして貴女の体を追って走ることを忘れるよう!……
命ずるは易し!
忘れてとは!!
(歌う)〔八音節詩〕
　泣くのはやめて、咽ぶのはやめて、
　それぞれ自分の道を歩みましょう、
　私は貴男をいつまでも……
(一瞬歌が途切れる)
　　　　　　　　　　　　　　　思い出すことでしょう、
(首を横に振る)
(歌う)
　でも、貴男のものにはなれないの!
思い出すだけ?……明日、僕は明日出発するんだ!
私は彼女の手を摑み、胸に引き寄せる。
(歌う)
　楽園の天使の如き、一番美しい人、
　あらゆる乙女の中で、一番美しい人、

五月の太陽の如き、天上のまなざし、
　瑠璃色の水の反映の如き、その面立ち。

彼女の接吻は、ああ、神々の霊酒（ネクタル）！
　炎と炎が触れ合うよう、
リラの二つの音が、調和のとれた
　響きで結ばれ、溶け合うよう。

心と心行き合い、寄り合い、抱き合い、
　顔、唇が重なり、ふるえ、燃えあがり、
魂が魂に吹き込まれ……天、地が、
　私たちの周りで溶けた波となってはじける！

（シラーによる）[86]

神父よ！　無理だ！　あなたはこの映像を感じない！
いとしい女の砂糖のような唇に一度として触れたことがないだろう！
世俗の人々が神聖を穢そうが、若者が騒ごうが、
あなたの心臓は石となって自然の声を寄せつけぬ。

86　ミツキェーヴィチの自注。原詩は Amalia（アマーリア）。

おお！　いとしい人よ、初めて貴女に口づけした時、
私は天に死んだのだ！
（歌う）
彼女の接吻は、ああ、神々の霊酒（ネクタル）！
炎と炎が触れ合うよう、
リラの二つの音が、調和のとれた
響きで結ばれ、溶け合うよう。
（子供をつかまえ、接吻しようとする。子供は逃げる）

司祭　自分と等しい人間をなぜ怖れる？

隠者　不幸な者を前にすれば、ああ、何もかも逃げてゆく、
まるで地獄の化け物を目にしたかのように！
ああ、そうだ！　彼女もまた私から逃げた！
《……お元気で》……そして長い路を
稲妻のように遠ざかっていった。

(子供たちに)
だがどうして彼女は私から逃げたのだ？
私が大胆な眼差しで怯えさせたのか？
それとも言葉で、あるいは頷いて？
思い出さねば！
(思い出す)

ひどく目が回る！……

いやいや！　何もかもはっきりと見える、
私は記憶の中のいかなる映像も失ってはいなかった。
私は彼女にただ二言(ふたこと)言っただけだ。
(辛そうに)
神父、ただの二言だ！
《明日！　お元気で！》
《お元気で》……　彼女は枝を手折り、渡しながら……
《これが——彼女は言った——私たちに
残されたもの！
(地面を指し)
お元気で》——そして長い路を

稲妻のように遠ざかっていった！

司祭

若者よ、わしはお前の痛みを深く感じるぞ！
だが聞け、お前より不幸な者は何千といる。
わし自身が、葬儀で泣いたことは一度できかぬ。
父も母も、すでにわしが冥福を祈る相手、
二人の幼い子らは天国で天使となった。
ああ、そして幸も不幸もともにしてきた、
心底愛していたわが妻もまた！……
だが何とする？　与えるのも神、奪うのも神！
すべてはその聖なる御心のままにあれ！

隠者

（強い口調で）
妻？

司祭　ああ、思い出したがために胸張り裂ける！

隠者　何としたことだ、どこを向いても、妻を悼む者ばかり！
だが私に罪はない、私はお前の妻を見ていない！
（はっと気づいて）
どうだ！　私の慰めを聞き入れては、懊悩する良人よ、
あなたの妻は死ぬ前すでに死んでいたのだ！

司祭　どういうことだ？

隠者　（語調を強め）
妻よ！――と人が娘に呼びかける時、
生きながらにして娘は葬られるのだ！
友を、父を、母を、兄を捨て……

いわば世のすべてを捨て、
他家の敷居を跨いだ以上！

司祭

お前の告白は悲哀の霧に包まれてはいるが、
お前が悼むその人はまだ生きているのでは？

隠者

（皮肉っぽく）
生きている？　神に感謝する甲斐があるというものだ！
生きている？　どのように？　信じないのか？　あなたはどうかしている。
私は誓おう、跪こう、指を十字架に重ねよう、
彼女は死んだ、そして生き返ることはない！……
（休止の後やおら）
そもそも死にはさまざまな種類がある——
一つの死は普通の死。
この死によって老人、女、子供、夫、すなわち何千もの
人々が毎秒毎秒死んでゆく。

そしてまたこのような死によって、
私が牧場(まきば)で見たマリラも。
(歌う)
彼処(かしこ)、ニエメン河の支流のほとり
彼処、緑の草原に
ひとり聳える塚は何?
麓はまるで花の輪飾りのように
木苺、野薔薇に山樝子(さんざし)が飾り……[87]

87 未知谷刊『バラードとロマンス』(ポーランド文学古典叢書3)六九頁に所収のロマンス「マリラの小塚」冒頭と同一。

(歌をやめ)
ああ、これまた苛酷な光景、
花の盛りの美しい人が、
世に出たか出ぬかのうちに、
まだ愛おしいその世と別れねばならぬとは!
見よ、雲の上に霞む晨(あした)のように
敷布の上に白々と横たわる彼女を!
泣きながら人々は周囲に立ち尽くす――

寝台の脇には悲しむ司祭、
それより悲しい思いの小間使い、
小間使いより悲しい思いの女友達、
女友達より悲しい思いの母親、
そして一番悲しい思いの恋人。
見よ、頬から紅色が退き、
眼は落ち込み、消え入ろうとし、
だがまだ、まだ光を放っている。
薔薇のように咲いていた唇は、
萎れ、緋色の輝きを失い、
牡丹の花から切り取られた
細い葉のような
その唇の蒼いこと。
寝台の上で頭をもたげ、
私たちを見回した——
頭が寝台に落ち、
面に広がるホスチアの白さ。
両手が冷え、心臓は

幽かに打ち、間遠に打ち、
遂に止まった。彼女はもういない。
かつてはお日様にも似ていた、あの瞳……
指輪が、神父よ、見えるか？
残された悲しい忘れ形見が！
指輪の中の
ダイヤが燃えるごとく
眼の中にきらめていた炎。
だが魂の火花はもはや消えた！
朽ちた木の髄に灯る蛍光のように、
大風がクリスタルに変えた
枝の上の真珠のように、眼が光った。
彼女は寝台の上で頭をもたげ、
私たちを見回した――
頭が寝台に落ち、
面に広がるホスチアの白さ。
両手が冷え、心臓は
幽かに打ち、間遠に打ち、

遂に止まった……彼女はもういない。

子供

死んじゃった！　ああ、可哀想！
聴いていて、僕は本当に泣いてしまった。
女の人は知り合い？　若い妹？
でも泣かないで、主よ、永遠の安息と光を。
僕たちは毎日その人の冥福をお祈りするから。

隠者

これは一つの死だ、子供たち。
だがもっと恐ろしい、なぜなら
すぐには命を奪わぬ、のろのろと長い、
痛々しい、二つ目の死があるのだ——
その死は、二人の人間を一緒に狙うが、
殺すのは私の望みだけで、
もう一人はまったく害さない。
彼女は生きていて、歩き、

小粒の涙を数滴流し、
やがて彼女の感情は錆びつき、
彼女は巌のようになる。
ああ、二人の人間を一時に撃つのだ！
だが私の望みのみを殺し、
彼女は毫も害さないのだ！
その命は花と咲き、健康そのもの。
そんな死によって彼女は死んだ……誰かって？　いいや……言わぬ！
違うか、子供たち？　ずっと恐ろしいだろう、
死人の瞼が、こんな風に、開いていたら。
（子供たち、逃げる）
彼女はそれでも死んだのだ……私が泣き、絶望すると、
人々が周りに集まって
頸を長く伸ばし、
ある者は私が嘘をついていると言い、
ある者は体を突ついて叫ぶ――
《見ろ、お前は狂っている、彼女は生きているぞ！》
（司祭に）

人を愚弄する連中がたとえ何千回、
言ったとしても、信じるな――
ただ心の告げることのみを聴くのだ――
いない、マリラはいないのだ!
(休止)
まだ三つ目の種類の死がある――
聖書の言う、永遠の死[88]だ。
この死に攫われる人間こそ
哀れかな、哀れかな!
私はこの死によって死ぬのかも知れぬ、子供たち。
私の罪は重い、重いのだ!

88　永遠の断罪。地獄落ち。

司祭

世界に反し、自らに反する、お前の罪は、
神に反する罪より重い。
人間は、涙とほほ笑みのためにではなく、
隣人の、人々の幸せのために創造されたのだ。

神はお前を厳しい試練によって試されておられるが、
お前は自らの塵の如き分際(ぶんざい)を忘れ、世界の巨大を思うがいい。
大きな思想が卑小な情熱を冷やしてくれよう。
神の僕(しもべ)は晩年まで働き、
怠け者だけが早々と墓に閉じ籠り、
恐るべき喇叭によって主(しゅ)が呼び覚ますまで眠るのだ。

隠者

(驚いて)
神父！　これは魔法か？　その不可思議な業(わざ)は！
(傍白)
魔法の業を体得しているに違いない、
あるいはわれわれの話を盗み聴き、すべて憶えているか。
(司祭に)
まったく同じ教えを私は彼女から聞いたぞ！
何から何まで一語々々、あの別れ際、
あの晩、あの人の口から聞いたそのままだ。
(皮肉っぽく)

まさしく、あれはまさしくお説教の時間だった！
彼女の口から響きの美しい多くの言葉を聞いた――
《祖国、学問、名声、友！》
だが今や付け焼刃はすっかり剥がれ、
私はゆっくり居睡りを決め込むのだ。
かつては私の精神も詩人をめざして燃えたことがあり、
かつては私もミルティアデスの勝利[89]に目を醒まされたことがあった。

89　ペルシア戦争中、アテネの将軍ミルティアデス率いるギリシア軍がアッチカ北東部のマラトンでペルシアに勝利した故事を踏まえ、ポーランドが東方の「蛮族」を撃退するという夢想。

（歌う）〔八音節詩〕

若さよ、水平地平を見下ろし、
舞い上がれ、太陽の眼もて
人類の全偉容をし
涯から涯まで貫きゆけ[90]！

90　ミツキェーヴィチの詩「若さに寄せる頌歌」（Oda do młodości）の内の四行。

すでに彼女の一息であれら巨大な幻影は吹き飛ばされた！
残ったのは軽々しい影、蒼ざめた夢、

ありふれた蝶の餌にもならぬ、
彼女が一息で吸い込みかねない、
細々とした藁のひとかけ。
その塵の上に彼女は城を築こうというのだ！
私を一匹の蚊に変えて後、石の腕で
天を支えるアトラスに仕立てようという。
無駄だ！　人間のうちにある火花はただ一つ、
それも思春期に一度火がつくだけだ。
時としてそれをミネルヴァの吐息が熾(おこ)せば、
その時には、蒙昧なる部族より出でて賢者が
立ち上がり、プラトンの星が
幾世紀にも亙って照らすことになる。
もしその火花を自尊心が松明に焚きつけるならば、
その時には、英雄が声轟かせ、紫衣(しえ)[91]をめざして這い上がり、
偉大なる徳行と、それに輪をかけ大きな犯罪を重ね、
牧童の杖を王笏に変えて世に示し、
あるいは目くばせ一つで古き玉座の数々を打ち毀(こぼ)つ。
（休止の後、おもむろに）

時としてその火花を麗人の眼が灯せば、炎はひとり静かに、
ローマ人の墓の燈明のごとく照らしつづける。

91　高位、権力。原文は「緋色」。「英雄」はナポレオンを連想させる。

司祭

おお、不幸な若き情熱家よ！
それほどまでに傷ついた胸が、口ごもりながら明かす悲嘆のうちに、
実はお前が犯罪者でないことの証拠が見てとれる。
お前の理性が迷い、焦がれる麗人もまた、
ただ美貌のみで魅力があるのではないこともお見通しだ。
それほどの情熱をこめて愛したのであれば、同じく潔く、
その天女の思考も感情も模倣するがよい。
彼女を愛する犯罪者であれば、徳に帰るだろうが、
お前は、高潔と見えてその実、犯罪に走ろうとしている。
今ここで如何なる障碍がお前たちを分け隔てようとも――
二つの星は、霧に晦まされようとも、互いに近づき、
やがて霧は晴れ、星と星は永遠に結ばれ、
この地上において繋いだ鎖は地とともに砕け散り、

地を離れて再び二人は互いを認め合い、
その激情は、過剰ではあっても、神様の赦されるところとなろう。

隠者

何と？　あなたはすべて知っているのか？　これは一体どういうことだ？
（司祭の声を真似て）
魅惑の面（おもて）と等しく聖なる彼女の心！
ここにおいて繋ぐ鎖は、地を離れて落ちる！

あなたはすべてを知っている。邪（よこしま）にもわれらの言葉を盗み聴き、
われらが心の底に秘め隠し、
最良の友らも知らずにいた
秘密を掠め取った。
二人して、糸杉の樹に片手を、
片手を胸にあて、
決して誰にも明かさず、黙（もだ）していようと誓ったものを。

しかし確かに、思い出す……そう、ある時、

絵筆という魔法使いの発明によって
盗み取った彼女の魅力を、私は一枚の絵に移し、
そしてその奇蹟のような絵を友人たちに見せた。
だが私を昂奮させるものにも、彼らは微動だにせず、
私たちには欠かせぬ情愛というものも、彼らにとっては遊戯でしかない。
彼らは魂の眼を持たず、魂の内を覗くこともできぬ！
彼らは冷たいコンパスで美女の長所を測定しようとするのだ！
彼らが空を見る様はさながら狼か天文学者。
牧夫と恋人と詩人とでは、皆それぞれ視力が違うのだ。

ああ！　命なき絵の中の彼女を崇拝するあまり、
その無防備な唇を自分の顔で汚すことなど以ての外、
月影（つきかげ）の下（した）おやすみを告げる時、あるいは
部屋の明りがまだ灯っている時には、
彼女の眼を糸杉の葉で覆うまでは、
私は胸をはだけることも、頸のストックタイを外す勇気もない。
だが友人たちときたら！……私は軽はずみを悔やむ！……
彼女に対する崇拝を私の目に読んだ一人は、

辛うじて噛み締めた唇の隙から笑いが漏れるのを怺え、
欠伸をしながら言い放った――《十人並みの女だな》。
別の一人は《君は子供だ》と付け足した……
ああ、定めし、例の呪われた理性の老人[92]が、
私たちを裏切り、売り渡したに違いない！
（次第に錯乱の度合いを深める）
広場で子供たちを前にして、群衆を前にして語っていた老人だ。
その子供たちの一人か、見物人の一人かが
告解に来て、神父に白状したのだ……
（錯乱の頂点）
私を謀って告解で調べたのはあなたか[93]？

92 「第二部」初めの方に出た「若者たちのコロス」でミツキェーヴィチ自身が参照させた詩「浪漫性」に登場する老人。古典主義、科学主義を代表する。未知谷刊『バラードとロマンス』（ポーランド文学古典叢書3）一三頁参照。

93 司祭は信者の告解（懺悔）に際して、信者の抱くさまざまな秘密を知り得る立場にある。

司祭
だがそんな裏切りだの告解だの謀りだのをしてわしらに何の得がある？

お前の悲哀はまるで毛糸玉のように妙にこんがらかってはいるが、
感情の動きに対するお前の視力は、決して鈍くはない、
そういう者には、秘密の解明も容易だ。

隠者

その通り！　しかしそこは人間の性から来る悪癖、
心の中に一日中ひそんで疼いているものが、
夜になると頭に浮かんで来る——
そんな時、夢の中でどんな譫言を言っているか、自身ではわからない。
昔、昔のことだ！……まったく同じことがあった。
彼女を初めて目にした後で家に帰り、
誰にも何も言わずに床に就いた。
翌朝、母におはようの挨拶をすると——
《一体どうしたの、そんなに信心深くなって？
一晩中お祈り唱え、ひっきりなしにため息ついて、
至聖なる乙女子、乙女子と、まるで連禱》。
私は悟るところがあって、夜には扉を閉めることにしたが、
今では同じように慎重にはなれぬ。

そもそも家がない。足の赴くところ、そこが寝所だ。
そしてよく寝言を言うのだ……思念の波間にたゆたいながら！
絶え間ない大雨、大風、
閃き、また黄昏れ、
夥しいものの輪郭が結合して、
何やら一個の姿になったかと
思えばまた散り散りに。
唯一、永遠に崩れることのない一枚の画のみが、
私が砂の上に身を投げ、地底を覗けば、
水中に映った月のように輝き——
手には取れずとも、私の前で輝く。
地上から天空へ視線を飛ばせば、
私の視線の周りを旋回するかの如く、
天使の姿もまた昇りゆき、
遂には天頂にまでいたる。
やがてそれは翼の帆をひろげた鷲のように、
（上方を見上げ）
雲の中に停まったかと思うが早いか、その高みから、

自身が獲物を襲うより早く、
眼光一矢で獲物を射殺している。
その姿は、恰も罠に掛かったかのように、
あるいは天に翼を釘付けされたかのように、
一所で微かに揺らぎながらも、動かぬままだ――
正にそんな風に、彼女は、私の頭上で輝き続けるのだ!

(歌う)

　太陽が世界のために燃えようと、
　　夜が黒い衣をひき被ろうと、
その女を私は待ち設け、追いかける、
　常に私のそばにありながら、共にはいないその人を!

そして、彼女が私の目の前に立ち、
私はひとり野原に、あるいは林の陰にいる時、
私は私の舌に沈黙を強いることができず、
私が一言二言彼女に語りかけ、名を呼ぶところを
悪い人間が盗み聴く。正に今朝だった、
私は邪にも盗み聴きされていたのだ。

早朝だった……説明しよう。今でもよく憶えている、
数時間、土砂降りが続いた後だった、
谷間にはまるで降りしきる粉雪のような霧がたちこめ、
草原には朝露がきらめき、
夜の周回を終えた星々は碧天に沈んでいった——
一つだけ私の頭上に光っていたのは東の星、
その時見た、今も毎日見ている星。
彼処（かしこ）、四阿のそばに
（はっと気づいて）

　　　　　　　　ハハハ！　私は駆け出した……
違う、あの朝の話じゃない！　えい！　恋の狂気か！
忌々しい眩暈（めまい）め！……
（一呼吸おいて思い出す）
早朝だった。私は物思いに耽り、嘆き、呻き、
天が破れたような雨が降り、猛烈な風が吹きつけ、
私は繁みに頭を入れて雨宿りをした……
（穏やかにほほ笑み）
するとあのならず者が盗み聴いていた……

とは言え、奴が耳にしたのは私の呻き声だけか、
名前まで聞き取ったか、それはわからぬ。
繋みはすぐそばだったから。

司祭

おお、哀れな、哀れな若者よ！
何だと？　誰が盗み聴いていたと？

隠者

誰が？　或るちっちゃな虫けらだ、
頭のすぐ近くを這いまわっていた、
聖ヨハネの虫[94]だ。
ああ、何と人間的な被造物！
奴は私の方へ這い寄って来ると、言うではないか
（きっと私を慰めようとして）――
《哀れな人間よ、何だってまたそんなに呻く？
へっ、絶望は罪だぞ、大概にしておけ！
娘が綺麗なのは、誰のせいだ、

お前が感じやすいのも、お前のせいじゃない。
見ろ——と蛍は続ける——
俺から発して、
繁み全体を明るくするこの光を。
初めのうちはこれを誇りに思おうとしたが、
今じゃわかった、これは敵をおびき寄せ、
俺の破滅の元になるだけだとな。
兄弟たちがどれだけ、悪い蜥蜴の餌食になったことか！
だから俺は、俺に死をもたらす
自分の能力を呪った。
この光は消えればいいと俺は思っている。
しかしどうしようもない。それをする力は俺にはない。
俺が生きている限り、この光は消えんのだ》。
（隠者、一呼吸おいて、胸を指し）
そう、私が生きている限り、この火は消えぬのだ！

94　蛍のこと。

子供たち

ねえ、聞いて、聞いて……凄い奇蹟だ、凄いよ！
父さん、奇蹟の話、聞いた？
（司祭、両腕で子供らを抱擁すると部屋を出てゆく）
虫が人間のように話をする
ことがあるのだろうか？

隠者

もちろんだ。おいで、坊や、帳簿台のところへ、
近づいて、耳をつけてごらん。
哀れな小さな魂が、お祈りを三回お願いしているぞ。
どうだ、聞こえるか、カチカチしているだろ？

子供

カチカチ、カチカチ、カタカタ、カタカタ
わあ、本当だ、カチカチ言ってる、
枕の下の懐中時計みたいだ。
これは何？　カチカチ、カタカタ！

隠者

小さな虫けら、死番虫（しばんむし）。
かつては立派な高利貸し[95]！
（死番虫に向かって）
何が望みだ、小さき魂よ？

（声を変えて）
《お祈りを三回お願いします》
これはまた、守銭奴殿か！　私はこの爺さんと知り合いだった。
すぐ近所に住んでいた。
黄金に埋もれ、
家は門を渡して鎖（さ）し、
戸口に寡婦（やもめ）やみなしごが立とうがお構いなしに、
誰にも麺麭の一（ひと）欠け、鐚銭（びたせん）一文恵むわけでなく、
生きている間の奴の魂は銭袋の横、
帳簿台の底に横たわっていた。

95　霊魂の輪廻思想に従って、この死番虫は前世において高利貸しだった。

そのせいで、死んだ後(のち)の今も、
地獄で正しい罰を受けるまで、
聞こえるだろう、力任せに噛み、
穿ち、孔を開ける様子が。
だから、誰か情けがある者は、
アヴェ・マリアを三度唱えてやるがいい。
（司祭、水の入ったコップを持って登場）

隠者
（錯乱いよいよ強まる）
どうだ、悪霊の悲鳴が聞こえたろう？

司祭
何事だ！　何を血迷っておる？
（辺りを見回す）
何もおらん、あるのは物音一つせぬ夜だけだ！

隠者　耳を澄ますがいい。
（子供に）
坊や、ここへおいで、ここへおいで！
聞こえたな？

子供　　本当だ、父さん、
何かがそこで喋っている。

隠者　　　　　さあ、どうだ、神父様？

司祭　もう寝なさい、子供たち、何か夢でも見ているのだ、
衣ずれ一つしない、あたりは静かだ。

隠者
（子供たちに向かってほほ笑みながら）
不思議はない、老人に自然の声は聴きとれないのだ！

司祭
兄弟よ、手に水を取り、
少し額を洗うがいい、
その烈しい熱も冷めるかもしれん。

隠者
（水を手に受け、額を洗う。すると時計が時を打ち始める。数回鳴ったところで隠者は手から水をこぼし、暗い、真面目な面持ちでじっとして、前方を見つめる）

十時だ。

（雄鶏が鳴く）

そして一番鶏が合図を送る。

時は逃げ、命はうつろう[96]

96　時の経過の速さ、人生の短さを思い出させるこのような格言が、普通はラテン語で、時計に刻まれていた。

（卓上の蠟燭が一本消える）
そして一番目の明りが消えた。
まだ、まだあと二時間、
（震え始める）
ひどく寒い！
（この間、司祭はやや驚いた様子で蠟燭を見ている）
ひゅうひゅうと冷たい隙間風が音立てる――
何て寒い家だ！
（竈に向かう）
ここはどこだ？

司祭
友の家だ。

隠者
（やや正気に返り）
尋常ではない刻限に、奇妙ないでたちで、
知らぬ場所へ[97]来た私に、きっと驚かされたろう？

きっと私はべらべらと沢山喋ったな？　ああ、誰にも言わないでほしい！
私は遠い土地からやって来た、貧しい旅の者。
（辺りを見回し、さらに正気を取り戻し）
まだ若い時分、街道の真ん中で、
翼の生えた悪漢[98]に
（ほほ笑む）
　　　　　　　　襲われ、身ぐるみ剥がれた。
服はない。見つけた物を身にまとう。
（木の葉などを払い落とし、衣を直す。恨めしそうに）
ああ、身ぐるみ剥がれ、宝物を何もかも持ってゆかれた。
私に残されたのはただ一つ、無垢という衣裳だけ！

司祭
（それまでずっと蠟燭を見ていたが、隠者に向かって）
落ち着きなさい、頼むから！

97　「知らぬ場所から」の誤りだという説あり（『文庫一九二五』一〇一～一〇二頁）。
98　ギリシャ神話のエロス、ローマ神話のアモル、あるいはキューピッドのことだという解釈が普通。

（子供たちに）

誰が蠟燭を消したのだ？

隠者

あなたはあらゆる奇蹟を説明しようとする。理性に頼る……
しかし自然は、人間と同じく、自らの秘密を有している、
そしてそれを大衆の目から隠すだけではなく
（情熱的に）
如何なる司祭にも賢者にも明かしはしない！

司祭

（手を取る）
わが息子よ！

隠者

（驚き、感動して）
息子よ！　その声は、恰も稲妻のように、

暗がりゆく影の中から私の理性を救い出す！
（じっと見つめて）
そうだ、わかった、ここがどこか、自分が誰の家にいるのか。
そう、あなたは私の第二の父、ここは父の家だ！
懐かしい家！　何もかも何と変わったことか！
子供たちは大きくなり、あなたの頭には白髪がまじり！

司祭
（困惑して蠟燭を手に取り、相手を見つめる）
何だと！　わしを知っておると？　ではあの子か！……いや……そうだ……いや、あり得ぬ！

隠者
グスタフです。

司祭
（相手を抱き締める）
グスタフ！　お前か、グスタフ！
グスタフ！　偉大なる神よ！

わしの生徒！　わしの息子！

グスタフ

父よ、まだ抱き合っていられる！

（時計を見ながら、司祭を抱き締める）

なぜなら後で……まもなく……もうじき遠い国へ行かねば！

ああ、あなたもまたいずれはその旅に出なければならなくなる、

その時また抱き合おう、その時はもう永遠に！

司祭

グスタフ！　どこから？　どこへ？　何と！　それほど長い放浪を？

これまでどこに行っていた、若き友よ？

まるで水に落ちた石のように、どこへ消えたのかわからず、

手紙もよこさねば、伝言の一つもなく？

それにしても一体何年！……グスタフ！　一体どうしてしまった？

お前はかつて、わしの学校で若人たちの誇りだった、

一番美しい希望をわしはお前に託していた。

どうしてそこまで落ちぶれたのだ？　そんなひどい恰好をして？

グスタフ
(怒って)
御老人！　もし私も反論し始め、
あなたの教えを呪い、あなたを見るだけで歯噛みをしたら？
あなたが私を殺したのだ！――あなたが私に読むことを教えたのだ！
美しい書物を、美しい自然界を読むことを！
あなたが私の地上を地獄に
(恨めしげにほほ笑み)
そして楽園に変えたのだ！
(語気を強め、蔑みながら)
ところがこれはただの地球だ！

司祭
何ということだ？　おお、キリストよ！
わしがお前の身を滅ぼそうとしただと？　わしの良心には一点の曇りもない！
お前をわが子のように愛していた！

グスタフ
あなたを赦す！　　　　　　　　　　だからこそ

司祭
　　　ああ、生きている間に
お前に会いたいということしか、神にはお願いしなかった！

グスタフ
（司祭を抱擁する）
まだこうしていられる、
（蠟燭を見やる）
　　　　二本目の蠟燭が消えるまでは。
神様はあなたの願いを叶えて下さった。
だがもう手遅れだ
（時計を見やる）
　　　行く手の道は長い！

司祭
お前の旅の話を聞きたいのはやまやまだが、
今のお前には休息が必要だ。
明日(あす)……

グスタフ
ありがとう、だがもてなしを受けることはできない、
なぜならば、もはや私には宿代を払う余裕はないので。

司祭
何を言う?

グスタフ〔一三音節詩〕
おう、そうとも! 払わぬ者は呪われるがいい!
あるいは互いに捧げる労働により、あるいは恩義を感じる気持ちにより、
あるいは一粒の涙を捧げることにより——万事支払うべし。
それに対してはまた天なる父が報いてくれよう。
しかし私は、自分が見知ったどの場所へ行っても夥しい

涙を誘われる、思い出の国々をさまよい歩いてきて、
思いの残りもすべて、最後の涙も流した今、
新たな借りを、返すあてなく背負うことはしたくない。
（休止の後）
暫く前、今は亡き母の家を訪れてみると、
ほとんど面影がなかった！　あるのはもはや残骸！
どこを向いても——瓦礫、廃屋、破壊の跡！
垣根からは杭が、床からは石が抜き取られ、
庭は苔むし、苦蓬、薊が繁り放題、
辺り一面、真夜中の墓場のような沈黙！
昔、その門に私が到着した時は違った。
暫く不在にした後、母の許へ帰ってゆくと、
まだ家まで大分ある所で、もう暖かく出迎えられた。
家に懐いた召使たちが町外れで待っている、
広場には幼い兄弟姉妹が駆け出して来る、
《グスタフ！　グスタフ！》と呼ばわりながら、彼らは私の馬車を停めた——
旅の土産のピェロギを貰うと子供らは一目散にとんぼ返り。
母は家の入口で祝福の用意をして待つ。

同級生たち、友人たちも耳を聾さんばかりの大騒ぎ！……
それが今は廃屋となり、夜、静寂、人っ子一人いない！
ただ聞こえるのは犬の声と何やら物を叩く音――
ああ！　お前か、われらが忠犬、われらの善良なるクルック[99]だったか！
かつて家族一同を守り、可愛がられた、われらが番人よ、
多くの使用人や友人のうち、お前ひとり残されたか！
飢えにより痛めつけられ、歳月により老いさらばえながらも、
錠なき扉、主なき家を見張っているのだな。
クルック！　おいで、ここへ、クルック！　犬は駆け出し、止まり、耳澄まし、
私の胸に飛びつき、吠え、そして息絶えた！……
窓の明かりが私の目に入った――入ってゆくと、何が起きている？
ランプと斧を手にした泥棒たちが狼藉を働いているではないか、
神聖な過去のよすがを無残にも打ち壊そうとしている！
かつて私の母の寝台があった所では、
一人の泥棒が床を割り、煉瓦を剥がしていた、
私がそいつを捕まえ、打ちのめすと――目玉が額に飛び出た！
私は泣きながらへたりこんだ。明け方前の闇の中、
誰かが杖を突きながら、一足一足擦るようにやって来る。

かつて衣裳であったものの名残りをまとい、病んで蒼ざめた、
むしろ煉獄の亡者に似た、女が一人。
空っぽの館の中に恐るべき夢魔を見たと思った女は、
十字を切りながら叫び声を上げ、恐怖のあまりよろめいた。
怖がるな！　神様がついておられる！　お前は何者だ？
こんな朝まだき、どうして無人の家をうろつく？
《わたしは貧しく哀れな女です》と相手は涙ながらに応じる。
《この家には以前わたしの御主人様たちが住んでおられました。
良き御主人様方に永久（とわ）の平安あれかし！
けれども神様はその方々にもお子たちにも幸いをもたらされず——
次から次へと亡くなられ、家は空き家となり、倒れ、朽ち果て、
若殿の消息はなく、きっともう生きてはおられぬでしょう》。
私の心臓は充血し、私は敷居に手を突き、身を支えた……
ああ！　では何もかも終わったのか？

司祭

魂と神のほかは！

99　Kruk——ワタリガラスの意。黒い犬だったと思われる。

地上のものにはすべて終わりがある——幸も不遇も。

グスタフ〔一三音節詩〕

そしてあなたの家にも学校にも、どれだけ多くの思い出があることか！
ここの庭で子供たちと砂遊びをし、
あの森へ鳥の巣を採りに駆けて行った、
窓の下を流れる小川で水浴びし、
原っぱでは学生たちと兎ごっこ[100]をして遊んだ。
晩方、あるいは日の出前、あの林へ出かけては、
ホメロスを訪ね、タッソーと会話し、
あるいはウィーンでのヤンの勝利[101]を見守った。
すなわち、私は同級生らを招集し、林の前で隊伍を組ませる。
此方(こなた)では異教の雲間から、血したたる月が照らし、
彼方では怖気づいたドイツ人たち[102]の軍勢が前進する。
手綱を締め、槍は鞘に収めるよう、私は命じ、
矢庭に突進すれば、ポーランド人たちのサーベルが稲妻となって続く！
雲が切れ切れとなり、鬨(とき)の声は星々に届き、
ターバン、切り落とされた首が、雨霰と飛び交い、

イェニチェリ[103]の軍勢、逃げまどうかと思えば砂にめり込み、
馬から打ち落とされた騎兵らは蹄に蹴散らされる。
堡塁まで掃蕩し、道を開くぞ！……あの丘が堡塁だった。
そこへ、子供たちのお遊びを見物しようと出て来たのが彼女だった。
預言者[104]の戦旗のそばに彼女を目にしたその刹那、
私の裡のゴドフロワ[105]もヤン三世も、たちまち死んだ。
それ以来、私のあらゆる関心事、志、思考の主は彼女となり、
ああ、それ以来、すべては彼女のためにのみ、彼女について、彼女を通じて、彼女に従ってな
されたのだ！
未だにこの辺り一帯がどこも彼女で満たされている——
ここで彼女の神々しい顔を初めて見た、
ここで彼女は初めて私と言葉を交わし、ふるまってくれた、
ここの丘の上で、一緒にルソーを読んだ。
彼女のために、私はこの涼しい木陰で四阿を組み上げ、
ここの林から花や果実を摘んでは運び、
ここの泉の流れの畔で、私の傍に立ち、彼女は釣竿で
銀色の羽を持つ鯉や紅い斑点のある鱒を釣り上げた。
それが今や！……

（泣く）

100 どのようなゲームだったか、詳細は不明。鬼ごっこのようなものか。
101 ポーランド王ヤン三世ソビェスキが、一六八三年、欧州連合軍を指揮してオスマン帝国軍を撃退した事蹟を指す。
102 今で言う「オーストリア人」も含んだ表現と考えられる。
103 オスマン・トルコの精鋭歩兵。
104 マホメット。
105 タッソー作『エルサレム解放』の主人公。

司祭

泣くがいい。だが残念ながら、思い出す苦痛は、
わしら自身を蝕むだけで、わしらの周囲にあるものを何一つ変えはせぬ。

グスタフ

これだけの年月が過ぎ、これだけの変化があった今、
最も悲惨な状態にある、最も幸せな場所で！
もしもあなたが、子供の遊び道具である命無き一個の石を取り上げ、
その石とともに世界を遍歴し、やがて遠方から古里に帰った後、
かつて子供時代、子守の前で、それで遊んでいた同じ人間のために、

その同じ石を、棺に横たわる死んだ老人の頭の下に置いてやったなら。
もしもその石から苦い涙が流れ出たならば、
神父よ、その石を審判無しに、直ちに地獄に投げよ！

司祭

いや！　その涙、苦くはないはずだ。なぜなら現在の憂いに、
思い出された幸せの神酒(ネクタル)が混ざるゆえに。
人間を礼讃し、感情が流すのがその涙。
苦い毒を分泌するのは、犯罪者の涙だけだ。

グスタフ

いいか、まだある……　私は庭園にも行ってみた。
やはりこの季節、秋、冷気忍びよる暮れ方、
雲の群れで翳った同じ空、
あの蒼白い月に玉のような露、
かすかに降る粉雪のような霧。
やはり夜の軌道に沿って星々が天に沈みゆき、
私の頭上に光っていた同じ東の星が、

その時見た、今も毎日見ているあの星があった。
これらさまざまな場所で、同じ感情が私を苛んだ。
何もかもが昔と同じだった――ただ彼女の姿だけがないのだ！
四阿に近づいてゆくと、入口で何か物音が、
彼女か？……　違う！　微風が黄ばんだ木の葉を落としただけだった。
四阿よ！　私の幸せの揺り籠にして墓場よ、
ここで見初め、ここで別れたのだ！……ああ！　ここで何を感じたか！
この場所に昨日彼女が腰かけたかも知れず、
この同じ空気を呼吸したのかも知れなかった！
耳を澄まし、辺りを見回しても、視線は甲斐なくさまようだけ、
見たのは頭上にいた小さな蜘蛛だけ、
木の葉にぶら下がり、弱々しい糸に揺られる蜘蛛、
彼も私も、世界に繋ぎとめる絆の何と弱々しいことか！
私は樹に凭れかかった、とその時、ベンチの端に、
花束と草が見えた。その草の中に、同じ木の葉が、私の木の葉の片割れが、
（木の葉を取り出す）
最後の《お元気で》を思い出させる木の葉があるではないか！
それは私の昔の友だった、私は彼に心込めて挨拶し、

長いこと彼と話し合い、あらゆることについて尋ねた――
彼女はどれほど早く起きるのか？　朝は何をして過ごすのか？
ピアノに向かって一番よく歌う歌は何か？
散歩にはどこの泉へ出かけるか？
一番好んで過ごすのはどの部屋か？
私のことを思い出して頬を赧らめ、羞じらうか？
時には思わず知らず、自身で私のことを口にはせぬか？……
しかし私が耳にした答は！　おお、好奇心に報いる何と恐ろしい罰！
（忌々しく額を手で打つ）
女は！……
（歌う）
　はじめは！……
（中断し、子供たちに向かって）
　子供たち、こんな古い歌[106]を知っているか？
（歌う）〔七音節詩〕
　はじめはいつもあんたを思ってる、
一時間おきに思い出す。

106　マゾフシェ地方、ルブリン地方に同趣の民謡があるという（『全集一九五五』四八八頁）。

子供たちのコロス

娘はまことに首ったけ、
いつもいつも思い出す。

グスタフ

そのうち一日一度、
そのうち一週に一度。

子供たちのコロス

娘はまことに情あつく、
週に一度は思い出す！

グスタフ

そのうちひと月一度、
月初めか月末か。

子供たちのコロス
　娘はまことに優しくて、
　月に一度は思い出す！

グスタフ
　谷の水は流れゆく、
　記憶は人の手に負えず。
　とうとう年に一度きり、
　復活祭が来ると思い出す。

子供たちのコロス
　娘はまことに礼儀正しくて、
　いまだに毎年思い出す！

グスタフ
　というわけで、
（木の葉を見せながら）
　過去の最後のよすがをも、彼女は棄てたのだった！

というわけで、彼女が私の思い出を身に着けていることはもはや許されぬのだ!……
私は庭園を出たが、足取りは私自身を裏切り始め、
見えざる力によって、私は宮殿の方へ引き寄せられて行った。
何千という燭火(しょっか)が真夜中の闇を散らし、
喧(かまびす)しい馭者たちの声や箱馬車の走る音が聞こえる。
眼前にはすでに宮殿の壁が迫り、私はゆっくり忍び足で近づき、
クリスタルの扉に好奇の眼を向ける。
すべての食卓の用意が整い、すべての扉が僅かに開けられた。
音楽、歌声——何やら祝典が進行している!
乾杯!……名前が聞こえた……ああ、誰の名かは言わぬ!
誰だか知らない声が叫んだ——《お幸せに!》
《お幸せに!》と、一千の口が呼ばわった。
そうだ、お幸せに!……そして私は小声で付け加えた——お元気で!
その刹那(おお、記憶自体が私を殺しかねない!)
司祭がもう一人の名を告げ、叫んだ《二人ともお幸せに!》。
誰かがほほ笑みながら礼を言う……聞き覚えのある声……きっと彼女だ。
聢(しか)とはわからぬ……鏡の向こうが見えない、
憤りが私の目を晦ませ、私は両腕を突き出した、

ガラスをぶち破りたかった……そして私は意識を失った……
（休止の後）
意識を失ったと思ったが……失くしたのは理性だった！

司祭
不幸なことよ！　進んで苦悩を求めていったな。

グスタフ
婚礼の客たちをよそに、孤独な屍骸のごとく、
私は苦い涙で濡れそぼつ芝の上に横たわっていた――
この世で最後の慰めと苦悩という矛盾！
目が覚めると、血のような日の出の光線が目に入った。
一時（いっとき）待つ――もはやどこにも、光も物音もない。
ああ、稲光のような一時、永遠のように長いあの一時！
（休止の後おもむろに）
その刹那、死の天使が私を楽園の園から連れ出したのだった！

司祭

また何のため、瘡蓋(かさぶた)のできた傷を突ついて痛めるのか？
わが息子よ、古くからある、しかし尤もな戒めがある、
覆水は盆に返らず、とな。
そこに神様の意志を認めねばならん。

グスタフ

（恨めしそうに）
いや違う！　神はわれわれを共生に向かわせられた、
赤子の時は誰の上にも同じ星が輝いていた、
さまざまな出来事の流れに応じて形作られはするものの、本来平等で、
姿かたちは互いに近く、年齢においても均しく、
あらゆるものにおいて同じものに惹かれ、厭うものも同じく、
思考においても同じ論理、感情においては同じ情熱。
いたるところ、双(なら)ぶもののなきこの同一性がわれらを結びつける時、
神は未来の結び目を編んだのだ
（怨み、頂点に達する）
それを貴女は断ち切った！

（注　207頁～）

（語調を強め、忿(いか)り）

女よ！　取るに足らぬ和毛(にこげ)よ！　汝、風の如くうつろう者よ！
貴女の姿は天使も羨むが、
魂は劣る……よりもなお劣る！
何たること！　それほどまでに黄金が、貴女の目を晦ましたとは！
あまたの栄誉に煌めく、中身のないシャボン玉が！
願わくは！……　貴女の触れる物すべてが、黄金に変ずるように。
一たびその心を、その唇を向けさえすれば、いたるところで
冷たい黄金を抱き締め、接吻できるように！
私は、もしも私にも選択の権利があったなら、
かつて神がその手本を示されたことのないような、
天使の顔よりも、わが夢よりも、詩人たちの夢物語よりも、
貴女よりも美しい……奇蹟のように美しい姿の
乙女がいたとしても、私は貴女と引き換えに、
貴女のたった一度の甘美な眼差しと引き換えに、
その乙女を突き返す！
ああ、そしてもしもその乙女の持参金として、
タグス[107]のすべての黄金が流れ込んだとしても、

天の王国を手にしたとしても、
貴女と引き換えに、私は乙女を突き返す！
もしもそれだけの美と黄金とを引き換えに、
花婿の人生のほんの僅かなかけらでいいから、
自分に捧げてくれと乙女が願ったとしても、
私からはいささかの愛顧をも得ることはないだろう。
貴女のためにその全部を空しくも捧げた人生だ！
乙女が一年でも、半年でもと、
自分と一度の愛撫でもと、
ただの一瞬でもと願ったとしても、
断る！　厭だ！　そんな契りを結びはしない。
（厳しく）
それを貴女は涼しく無情な顔で、
私を滅ぼす言葉を言い放ち、
忌むべき焚火に火を放った。
その火は私たちを繋ぐ鎖を断ち、
その火は私たちの間に永久の地獄となって熾（おこ）り、
私を永遠の苦悩に追いやるのだ！

貴女は私を殺したのだ、欺瞞家よ！　天が罰を下そう、
私自身も……ただでは済まさぬ、
行くぞ、慄(おのの)くがいい、裏切り者どもめ！
（短刀を取り出し、皮肉と憤りをこめ）
栄え耀く殿様たちに今一つ、ささやかなる光りものを奉る！
そしてこれで抜いたワインを婚礼の乾杯に……[108]
はあ！　畸形の女性(にょしょう)が！
貴女の頸には死の輪飾り(リース)を巻きつけてやる！
行くぞ、わが物の如く、地獄に拉致してやる、
行くぞ！……
（自制し、考え直す）
　　　いやいや！　無理だ……彼女を殺すなど、
サタンの頭領より多少でも更に上の存在でなければ！
刃物は無用だ！
（短刀をしまう）
　　　　貴女は自らの記憶に追いつめられるがいい、
（司祭、出て行く）
良心の短刀に傷つくがいい！

私は行く、だが武器を持たずに行く、
彼女に一瞥をくれてやるため、私は行く。
黄金の照り返しを浴びたあの酔漢どもが、
婚礼の宴席で燥ぐ広間で！
この破れ衣をまとい、木の葉を頭に載せた私が、
入って行って、食卓の脇に立てば……
呆気にとられた一党は、席を立ち、
祝杯を私に勧め、
着席をと私に請うだろう——私は岩のように立ち尽くし、
一言も応じまい。
歌声や音響とともに踊りの輪の交錯する中、
宴客一同、私をダンスに誘うが、
私は片手を胸にあて、片手に木の葉を持ち、
一言も応じはしない！
その瞬間、彼女は天使のような微笑を湛えて言うだろう、
《お客様、およろしければ、お聞かせを、
どちらからお越しの、どなた様？》——私は答えない。
ただ彼女をこの眼で睨みつけるだけ。

然り！　眼で！　毒蛇の眼で。
この胸の地獄を丸ごとこの眼に呼び出すのだ。
彼女は失明し、命無き巌となるがいい、
この眼によって射貫かれて！
地獄の煙の如く、彼女の瞼の下にもぐり込み、
頭の中に永遠に居座ろう。
そして一日中、彼女の清らかな思いを汚しつづけ、
夜には彼女を眠りから覚ますのだ。
（より穏やかに、愛おしげに）
だが彼女の情は実にこまやか、実に感じやすい、
まるで、ちょっとしたそよ風が吹けば飛び散り、
僅かな露で落ちてゆく、
草の上の春の綿毛のよう。
どんな私の感動も直ちに彼女を感動させ、
どんな鋭すぎる言葉にも彼女は傷つく。
私の悲しみの翳ひとつで彼女の朗らかさは消え――
一つの魂を共有するゆえ、互いの感情を知り尽くし、
一人が思えば、忽ち一人はそれを察した。

全存在で緻密に結びついた私たちは、
顔の鏡を覗きさえすれば、
互いの心は澄んだ泉に見るようだった。
私の眼にどんな気持ちが閃いても、
それは忽ち、光線の速さで、
彼女の心に伝わり、
その眼に光った。
ああ、そうなのだ！　それほどまでに彼女を愛していたのだ！
それを今、行って震え上がらせ、
神に見放された者の仮面（ラルヴァ）を花婿に被せようというのか？
何のために？　私は彼女に何を求めている？　おお、卑劣なる嫉妬心！
そもそも彼女に何の罪がある？
思わせぶりな言葉で私を誘惑しただろうか？
おびき寄せる微笑で釣ろうとしただろうか、
それとも嘘で塗り固めた顔を作っただろうか？
そして、彼女の誓いはどこにあり、どんな約束をしたというのか？
たとえ夢ででも、私は彼女から望みを与えられていただろうか？
否！　否！　私は自分で勝手に妄想を育てていただけだ、

自身で毒を調合し、それが元で狂っているのだ！
これは一体何のための憤りか？　憤る権利はあるのか？
私の如き取るに足らぬ人間にどんな取り柄があると言うのか？
優れた徳か？　立派な功績？　名声？
ない！　何一つない！　ああ、一つの終わった恋があるだけだ！
わかっている。私は一度として大胆な野心を懐いたことがない、
相思相愛を彼女に願ったことなどない——
頼んだのは、ほんの小さな思いやり、
ただ一緒に居て貰いたいということだけだ、
せめて親類同士、妹と兄のように。
私がそれで満足できたというのは、神が証人だ。
もしもこう言えたなら——彼女が見える、昨日彼女を見た、
明日もまた見るだろう、と。
朝から彼女と一緒に、昼間も彼女の傍ら、彼女のそばで晩を迎え、
最初のお早うを告げ、食卓に彼女とともに着く——
ああ、何と幸せなことだろう！

（休止の後）

意味もなく私は昂奮している。

嫉妬深い眼と狡猾な毒針の警護の下にある貴女！
危険を冒さずには、見ることとさえ許されぬ。
人々は、お別れしろと、諦めよと言うだろう……
死ねと！……
(恨めしそうに)
　　石のような人間たち！　お前たちにはわからぬのだ、
隠者の死が如何に辛いものか！
彼はこの世にたった独りきりで、死にゆきながらこの世を眺める。
優しい掌がその瞼を閉じてくれるでもない！
死の床を取り巻く人々もなければ、
棺とともに永遠の家[109]まで歩いてくれる者とて一人もなく、
一握の砂を眼に振りかけてくれる者もなく、
泣いてくれる者もない！
おお、たとえ夢の中でもいいから、貴女の前に現れることができたなら、
もしも、私の苦悩の思い出に、
せめてほんの一日でいいから、貴女が喪に服してくれたなら、
ドレスに一片の黒いリボンを着けてくれたなら！……
そっとこっちを見てくれないか……そして苦痛の涙一粒を……

そして溜息をついて思う――ああ、彼はこれほどにも私を愛してくれていた！　と。
（一転、強烈な皮肉）
待て、待て、哀れなひよっこめが！……女々しい金切り声はやめろ！
一体この私が、幸福の申し子よろしく、嗚咽しながら死んでゆけるか？
私は何もかも、何もかも天に剥ぎ取られた、
しかし、天といえども私の最後の自尊心まで奪うことはできぬ！
生者として、何一つ人に物乞いすることができなかった私は、
死者としても、人の憐れみを乞いはせぬ！
（決然として）
したいようにするがいい、貴女は自らの意志の主人だ。
忘れよ！……私は忘れる！
（混乱して）
しかしすでに私は忘れたではないか？
（考え込んで）
彼女の輪郭が……だんだん暗くなり……そう、もう見えなくなった！
すでに一たび永遠の深淵に抱かれた私は
この世の狂気を蔑む（さげすむ）……
（休止）

ああ、私は焦がれる！　何に焦がれるか？　そうか！　彼女に焦がれていたのだ。
無理だ！　死者になっても、彼女のことは忘れられない。
だって彼女が見えるじゃないか、そこに、ほら、そこに立っている！
私のために泣いている……何と真率な涙か！
（悲嘆に暮れ）
泣け、愛しい人よ、貴女のグスタフが死ぬのだ！
（決然として）
さ、やれ、大胆に、グスタフ！
（短刀を持ち上げる）
（悲嘆に暮れ）
怖がらなくていい、愛しい人よ、彼には怖いものは何もない！
貴女が惜しいと思うものは、彼は何一つ持ってゆかない！
そうだ！　すべて！　私はすべてを貴女に残してゆく、
命を、世界も、快楽も、残してゆく、
（憤激して）
貴女の彼[110]も！……すべて……何も……涙すら求めはしない！
（使用人たちと共に入って来た司祭に向かって）
いいか……もしもいつの日か……

（次第に激越さを増しながら）
人並外れた或る乙女に……女に会って、
私がどういう訳で死んだのかと、
尋ねられたら、絶望から死んだとは言わないでほしい。
私はいつだって血色もよく、朗らかだったと言ってくれ、
恋人のことなど一度も口にしたことがなかったと、
トランプをよくして、友人たちと酒酌み交わし……
その酒の席で……踊って……
私は踊っているうちに……こう

（足を床に打ちつける）

足を折ったと。

それが元で死んだと……
（短刀を自分の体に刺す）

107　スペインからポルトガルを通り大西洋に流れ込む大河。スペイン語でタホ、ポルトガル語でテージョ。古典ラテン語文学では砂金が採れることで知られた。

108　この二行は、語意の複層性を強く感じさせる。かつて一般的によく用いられ、ここでも使われた高貴な身分の人物を表す言葉 jaśni panowie の原義は「明るい、輝く紳士達」で、そうした相手に、光る短刀で更に光を添えてやろうという含意。またその短剣で（樽を突き刺し）ワインを抜き、注ぐという言葉 utoczyć wina には、相手の体に突き刺して血を流してやるという連想もあるだろう。

109　墓のこと。
110　マリラの夫。

司祭
イエズス、マリア！　何てことを！
（グスタフの手を掴む。グスタフは立ったまま。時計が鳴り始める）

グスタフ
（死〔神〕と格闘しながら、時計を見る）
鎖が音立て……十一時！

司祭
グスタフ！
（雄鶏が二度目の時をつくる）

グスタフ
二度目の合図だ！
時は逃げ、命はうつろう！

そして二つ目の明かりも消えた！
苦痛も終わりだ！……
（短刀を引き抜き、しまう）

司祭
助けねば、何としたこと、何か手立てはないか！
ああ、もう死にそうだ、鞘まで突き刺したのだから、
狂気の犠牲になった！

グスタフ
（冷笑し）
まだ立っているだろうが！

司祭
（グスタフの手を摑む）
おお、犯罪よ！　神よ、お赦しを……　グスタフ！　グスタフ！

グスタフ

こうした犯罪が毎日行われるわけではない、
無駄な怖れは捨てるがいい。
致し方ない——裁きは下った——ただ教訓のため、
苦悩の場面を犯罪者が繰り返してみせたのだ。

司祭

何だと？　どういうことだ？

グスタフ

魔法、錯覚、手妻。

司祭

ああ！　身の毛もよだつとはこのこと。脚が震える、
父と子の聖霊の名において！　何が何だかわからん！

グスタフ

（時計を見ながら）

二つの時刻が告げられた――愛の時刻、絶望の時刻、
そして次には戒めの時刻がやってくる。

司祭
（相手を坐らせようとする）
掛けなさい、横になりなさい、その人殺しの道具を渡して、
傷の手当てをせねば――

グスタフ
誓って言うが、
最後の審判の日まで、短刀は鞘に収まっているだろう。
傷の手当は必要ない、私はぴんぴんしているだろうが？

司祭
神かけて、わしにはわからん、どうなっているのか……

グスタフ
狂気の結果か、

あるいは奇術かも知れぬ——刃先が、体を貫き、
魂にまで達するような、高価な武器もある。
肉体には損傷がないことは明らかだろう。
そういう武器で、私は二度、刺された……
（休止の後、ほほ笑んで）
生前、そんな武器は女の眼であり、
（陰鬱に）
死後は、苦しむ罪人（つみびと）の悔悛の情だ！

司祭

父と子の聖霊の名において！
どうしてそんなに生気なく立っている？　どうして脇の方ばかり覗く？
ああ、その眼は！……恐ろしい、まるで目ぼしに罹ったようだ！
脈も止まっている！……お前の手はまるで鉄のように冷たい！
一体全体、どういうことだ？

グスタフ

それについてはまたの機会に！

聞くがいい、どういう目論見が私をこの世に連れて来たのか。
私があなたの家の戸口に立って入ろうとした時、
あなたは子供たちとともに祈りを唱えていたことを憶えている。
死者の魂のための祈りを神に捧げていた。

司祭
（自分の十字架を摑み）
そうだった、まだ途中だった……
（子供たちを自分の回りに集め、お祈りを続けようとする）

グスタフ
どうです、正直に認めては、
地獄や煉獄を信じているのか？……

司祭
聖書の中でキリストが
わしらに伝えられたこと、そしてわしらの母である
教会が信ぜよと勧めることはすべて、わしは信じる。

グスタフ

あなたの敬虔なる御先祖様たちが信じていたことも？
ああ！　追想の祭、最も美しい祭、
これまで連綿と続けられてきた祖霊祭を、何の理由で廃止したのか？

司祭

あの祝祭は、異教に端を発するもの。
民を啓蒙し、迷信の残滓を根絶することを、
教会が私に命じ、その権限も与えているのだ。

グスタフ

（地面を指差し）
それでも人々は私を通じて頼むので、私も率直に助言する、
私たちの祖霊祭を復活させるべきだ。彼処（かしこ）、全能の主の御前では、
われわれの人生が厳密な秤に掛けられるが、
そこでは、一人の下男があなたの臨終に際して真摯に流す涙の方が、
印刷されて広められる嘘くさい弔辞や金で雇った葬列の客、

六頭立ての馬に牽かれ、黒布で覆った霊柩車よりも重いのだ。
もしも民が、善良な領主の死を悔やみ、
買ってきた一本の蠟燭をその墓に手向けるならば、
永遠の闇の中、その蠟燭が放つ光は、
お義理の葬儀で燃やされる一千のランプよりも明るい。
もしも民が、一枚の巣蜜とありふれた乳、
そして一握りの麦粉を墓に振りかけるならば――
親類一同が葬儀の後に催す流行りの宴より、
故人の魂にとってはより良い、おお！　遥かに良い食事となろう。

司祭

勿論だとも。しかし祖霊祭は、御堂や空き家、
あるいは地下の墓所で真夜中に集う、
呪術に満ちた神聖冒瀆の儀式であり、
わが民衆を深い無知暗愚のままに固定するもの。
それゆえ祖霊祭にまつわる奇怪な物語や
夜半の幽霊、亡者、魔法についての迷信が山ほどあるのだ。

グスタフ
では幽霊などは存在しないと？
（皮肉をこめ）
世界には魂がないと？
世界は生きている、ただし、医者が秘密の発条で動かす
裸の骸骨としてのみ生きている。
それとも世界は、錘の力で回転する
大きな時計のようなものなのか[111]？
（ほほ笑んで）
ただ、誰がその錘をぶら下げたのか、あなた方は知らない！
車輪だの発条だのと理性はあなた方に教える。
しかしあなた方には［発条を巻く］手も鍵も見えない！
もしもあなたの眼からこの世の目隠しが落ちれば、
周囲に一つならずの生命が見えることだろう、
世界の死せる塊を運動へと駆り立てる生命を、
（登場する子供たち[112]に向かって）
子供たち、帳簿台においで。
（帳簿台に向かって）

お前は何が必要かな、幽霊よ？

111 理神論の世界観。
112 少し前に司祭が子供たちを集めて祈りを続けようとしていたので、子供たちはその場にいるはずだが、このト書きを真に受けると、更に別の子供たちが入って来ることになる。

帳簿台の中から聞こえる声

お祈りを三回お願いします。

司祭

（怯えて）

父と子の……走って……侍祭を起こして来い、言葉は肉となった[113]！……皆の衆を呼んで来い！……

113 「ヨハネによる福音書」一・一四。

グスタフ

恥を知れ、恥を知れ、わが神父よ、理性はどこだ？　信仰はどこだ？

十字架は、あなたの皆の衆すべてよりも強い、

神を畏れる者は、何物をも畏れない。

司祭

言え、何が必要なのだ……ああ、亡者だ！　夢魔だ！

グスタフ

私か！　私は何も必要としていない、必要を訴える者はこんなにもいるが！

（蠟燭の周りを飛ぶ蝶を捕らえる）

捕まえたぞ、蝶々さん！

（司祭に向かって、蝶を見せながら）

闇の中をちらちらと瞬き、飛び回るこの翼ある群れは、
生前、教育のどんな小さな光も逃さぬよう、消して回っていたが、
そのせいで、恐るべき裁きの後には、暗黒に囚われることになっている。
その時が来るまでは、断罪された魂とともにさまよいつつ、
自身は光を好まぬにも拘らず、光めがけて飛び込まねばならぬ。
闇の霊たちにとっては、それこそが最も過酷な拷問なのだ！
見よ、色鮮やかな衣裳で着飾ったこの蝶は、
どこぞの小国の王様か、あるいは金持ちの旦那だった。
そして、大きな翼を拡げて、町や郡（こおり）から日の光を奪っていた。[114]

（注222頁）

この小さい方の、黒くでっぷりとした二匹目は、
しがない書籍検閲官だった。
そして、綺麗な花から花へと飛び回りながら、
美しいものを見れば手当たり次第に黒く塗り、
甘いものは手当たり次第、その毒ある舌で吸い取り、
あるいは地中に潜り込み、
その毒蛇の如き歯で、
学問の芽を種から噛み潰していった……
こちらはまた、大勢の徒党を組んでのさばり歩く、
偉ぶる方々のおべっか使い、墨塗り作者[115]ども。
その御主人[116]の気に入らぬ畑(はた)でもあれば、
忽ち悍(おぞ)ましき大群なして飛び来たっては、
漸く芽生えたものであれ、熟した稔りであれ、
飛蝗の如く荒らし尽くす。[117]
こうしたすべての者たちのためには、子供たちよ、
アヴェ・マリアとさえ祈ってやる価値はない。
連中とは違い、正しく慈悲をかけるに値する者もまたいる。
〔司祭に向かって〕

その中にはあなたの友人たちや弟子たちもいる。
あなたは彼らの想像力を高みへと飛翔させ、
彼ら生来の情熱をことさらに掻き立てた。
彼らが、生前、自らの罪をどのように贖ったかは、
私は、永遠の始まる戸口に差しかかった時に伝えた——
私は私の人生を三時間の短い時間のうちに要約したが、
またしてもあなたの戒めのために充分苦悩した。
だから彼らをこそ、祈りと生贄の御弥撒もて安んぜよ。
私のためには、思い出の他は、それ以上何も請わぬ。
私の罪に対しては、人生が充分な罰だった。
今日、私が味わっているものは、褒美なのか、償いなのか、わからない。
なぜなら、地上で楽園のような愛撫を味わってしまった者、
自らの存在の片割れを見つけてしまった者、
世俗の生活の境界を超えて飛び出し、
魂も心ももろとも、愛する女の中に己れを失い、
女の思いによってのみ思い、女の息によってのみ呼吸する者、
そういう者は、死後もまた、自己自身の存在を失い、
愛しい姿に付属し、

単なるその影に過ぎなくなるからだ。
影は、もし生前、聖なる主人に従っていたならば、
天の栄光をも分かち合うことになる。
悪しき主人に従っていれば、ともに地獄の淵に突き落とされ、
痛々しい境涯の伴侶となる。
幸いにも神は私を天使の下僕となしたので、
彼女にとっても私にとっても未来は朗らかにほほ笑んでいる。
この間、愛しい者の傍らでうろつく影のように、
私は時に天国へ、時に地獄へと旅をする。
彼女が回想する時、溜息をつく時、涙をこぼす時、
私はその唇に近づき、その金の髪をなびかせ、
その吐息と混ざり、貴女[118]の中へ入り込む、
その時、私は天国にいるのだ！
しかし！……おお、貴女たち、愛し合った者たちが、感じ合う時には！
何という嫉妬の炎が燃えることか！……
神が彼女を呼び寄せ、自らの腕に抱擁する時が来るまで、
まだ長い時間、世界を彷徨せねばならぬ。
その時こそ、愛しい天使に従って、

さ迷えるわが影〔＝霊〕もまた、天国に忍び込む。
（時計が鳴り始める）
（歌う）
　なぜなら、聴くがいい、そして心に留めよ、
神の御裁きによれば、
生きているうち一度でも天国に足を踏み入れし者は、
死んで後、すぐには天国に行けるものではないと。
（時計が鳴り終わり、雄鶏が時をつくり、聖画（イコン）の前のランプが消え、グスタフも消える）

114　人々に啓蒙の機会、学ぶ機会を与えなかったという意味。
115　「墨」には誹謗中傷の意味もあり、専ら他人を貶める文章を書いた作家を指す。
116　ロシア皇帝、あるいはその配下の地方長官、総督など。
117　一般にこの四行は、とりわけヴィルノ大学に学ぶ学生などの青年が「危険な」思想を懐いたり、創作活動を行ったことに対するロシア帝国の弾圧を指すと解されている。
118　二行前は三人称だが、この行、及び二行先では二人称、その二行先ではまた三人称に戻り、「彼女」と「貴女」が交錯する。

コロス
なぜなら、聴こう、そして心に留めよう、
神の御裁きによれば、

生きているうち一度でも天国に足を踏み入れし者は、
死んで後、すぐには天国に行けるものではないと。

訳者後記

チェスワフ・ミウォシュはアメリカの大学で講義をしながら、この作品についてこう言っている
——

〔…〕作者自身「生成しつづける作品」と考えている以上、永久に完結しないはずのこの詩は、演劇分野でのミツキェーヴィチ最高の達成であり、同時にポーランド・ロマン主義を代表する作品でもある。さまざまな断片が一種の夢の論理で連結されている構造で、とくに外国人にとってはその展開の意味が容易にはつかめない。コヴノ、ヴィルノでは、ミツキェーヴィチは第一部の素描と、〔一九〕二三年詩集で発表した第二部、第四部の全体を書き、のちにドレスデンで書いた第三部が、第二、四部の〃あとに〃つづく。したがって詩劇全体は、基本的にいわゆる「ヴィルノ・ジャディ」と「ドレスデン・ジャディ」とに分かたれる。

（チェスワフ・ミウォシュ著『ポーランド文学史』未知谷刊、三五九頁）

本書には、*Dziady*（ヂャディ。アクセントはヂャにある）のうち、「第三部」を除いたすべてのテクストを翻訳し、収めた。この作品の題は、右の『ポーランド文学史』も含め、従来の日本語文献では『父祖の祭』とされてきたが、それは英訳の題名が *Forefathers' Eve* また *Forefathers' Festival* とされていたためではないだろうか。今回、原題に少しでも近く、また短いものをと考え、あえて『祖霊祭』とした。もちろんこれでも満足はゆかないし、何とかやまとことばで短く表わせればよかったのだが、できなかった。「第三部」を除いた『祖霊祭』は、ミウォシュの言うように、書かれた町の名を冠して「ヴィルノ・ジャディ」あるいは「ヴィルノ＝コヴノ・ジャディ」と称するのがポーランドでは一般的で、これをこのまま日本語の書名にしたいのはやまやまだが、そうすると何が何だかわからなくなるので、そういうわけにもゆかなかった。町の名も、ヴィルノはポーランド語だが、現在この町はリトアニア共和国の首都なので、リトアニア語に近いヴィリニュスに変えた。結局、次善の案として、『祖霊祭　ヴィリニュス篇』を書名とした。

翻訳のための底本としては、主として Adam Mickiewicz, *Dzieła*, Tom III, (oprac.) S. Pigoń, Czytelnik, Warszawa 1955 を用い、注などではこの版を『全集一九五五』と略記し、Adam Mickiewicz, *Dziady wileńskie*, (oprac.) J. Kallenbach, Biblioteka Narodowa, Seria I, Nr 11, wyd. IV, Kraków 1925 を常に参照し、これを『文庫一九二五』と記した。どちらも相当古いだけでなく、残念ながら、本書の翻訳にはこれらの版以後になされた研究が蓄えたはずの知見は反映されていない。

「はじめに」にも記したように、『祖霊祭』全体を構成する作品群をどう配列して読むかは一定しないが、本書では『文庫一九二五』版と同じ配列にして、「第一部」「亡者」「第二部」「第四部」と並べた。各部や関連作品の執筆・刊行を年代順に記すと以下のようになる――

一八二〇年十二月頃　「第二部」を書き始める。
一八二一年九月〜十二月　「第四部」を書き始める。
一八二二年五月〜六月　『バラードとロマンス』を収めた『アダム・ミツキェーヴィチ詩集』
　　第一巻刊行。
一八二三年
　　一月〜二月　「第一部」執筆。「亡者」執筆、脱稿。
　　四月　『祖霊祭』「亡者」、「第二部」、「第四部」及び『グラジナ』などを収めた『アダム・ミツキェーヴィチ詩集』第二巻刊行。
一八三〇年十一月二十九日　ワルシャワで「十一月蜂起」始まり、その後各地にひろがる。
一八三二年三月〜五月　ドレスデンで「第三部」執筆、脱稿。
　　十月三十一日　パリで「第三部」刊行。
一八六〇年　未刊の草稿から起こした「第一部」が、他のテクストとともにパリで出版されたミツキェーヴィチ作品選集の中で初めて公表される。

「第三部」は他の部分より一〇年も後に異国で書かれただけでなく、それまでなかった政治色が強くなり、「ポーランド」「ロシア」「民族」といった次元の問題が扱われるようになる。そうなった最大の理由は、十一月蜂起という対ロシアの反乱が起こったからだった。「第三部」だけを論じたり、独立して出版、上演したりすることもある。このように、一、二、四部とはかなり異なり、分量も多く、翻訳の難易度も高いので、本書には収めなかった。なお、「第三部」に付随する独立した「断章」というものがあり、これは土屋直人氏によるポーランド語からの翻訳がある（恒文社刊『ポーランド文学の贈りもの』所収）。

『祖霊祭』は全篇が韻文で書かれている戯曲である。そればかりか、特に「第二部」などは、原稿の段階で「アリア」「レチタティーヴォ」などの書込みもあって、音楽劇にしたいという考えはたしかに作者の頭にあったらしい。そのまま歌曲に仕立てることのできる体裁の詩もあって、例えば九五頁の「むかしここで、春の朝には」で始まる「娘」の詩に曲を付けた《ゾーシャ》という歌曲がよく知られているが、これは、『祖霊祭』第二部にスタニスワフ・モニューシュコ（Stanisław Moniuszko, 1819～1872）が作曲したカンタータ《亡霊たち Widma》（一八六五年ワルシャワ初演）中のアリアだった（ちなみに、モニューシュコはこのカンタータに《祖霊祭》という題をつけたかったが、ロシア帝国の検閲によって変更になったようだ）。《ゾーシャ》の元となった詩は各行が八音節でできていて、概して「歌う」と指示された詩は八音節が多い。ただ一つ「射手の歌」（四一頁）は六音節で、本書全体では一番詩行が短い。そのほか、十一音節、十三音節なども多く、全体として変化に富んでいる。古代ギリシア劇から借用して「コロス」と訳した部分は、能の地謡にも似た機能が与えられている。

翻訳にあたっては、音節が少なく且つより定型詩に近いものは日本語でも定型詩に近い形態と時代がかった措辞を工夫したが、これは、万が一にも日本語で上演した場合に、実際に節をつけて歌うということが考えられるようにという配慮からである。それに対して、「第一部」冒頭の乙女の独白や、「第四部」終わりに近い、錯乱するグスタフの長い台詞は、より現代的な修辞で意味を優先し、韻律を無視した。そのように擬古的な疑似定型詩と現代的な自由詩を意図的に同居させた翻訳になったが、もとより、原文の音楽性を移すことは不可能なので、律や韻を自在に操る詩人としての本来のミツキェーヴィチの天才を伝えられないのは残念としか言いようがない。

なお、本書で亀甲パーレン〔 〕に含めた内容はすべて訳者による注釈である。

『祖霊祭』のテクストは、ミツキェーヴィチの実人生と重なるところも多く、実在した「マリラ」という恋人の名も出てくるので、とりわけ恋愛をめぐる伝記的事実とこの作品を照合して解説するテクストがポーランドでは多いが、本書においてはそれはしない。時代的には並行する作品を収めた本叢書第二巻『ソネット集』、第三巻『バラードとロマンス』、第四巻『コンラット・ヴァレンロット』で紹介した伝記的事実を参照していただければ充分だろう。

二〇一八年重陽

関口時正

Niniejsza publikacja została wydana w serii wydawniczej
„Klasyka literatury polskiej w języku japońskim"
w ramach „Biblioteki kultury polskiej w języku japońskim"
przygotowanej przez japońskie NPO Forum Polska,
pod patronatem i dzięki dofinansowaniu wydania przez Instytut Polski w Tokio.

本書は、ポーランド広報文化センターが後援すると共に出版経費を助成し、
特定非営利法人「フォーラム・ポーランド組織委員会」が企画した
《ポーランド文化叢書》の一環である
《ポーランド文学古典叢書》の一冊として刊行されました。

Adam Mickiewicz

1798年12月24日、現ベラルーシ共和国西部、元リトアニア大公国のザオシェ（またはノヴォグルデク）に生まれ、ポーランド語で執筆した詩人、思想家。作品は広く西・南スラヴ世界で読まれ、ポーランド語・文化における例外的に強力なその影響は現代まで続いている。1819年ヴィルノ大学卒。1822年『バラードとロマンス』発表。1824年ロシア流刑。1832年以降パリに住み、1839年から一年間スイスのローザンヌ大学でラテン文学を講義、1840～44年にはコレージュ・ド・フランスでスラヴ文学を講義した。クリミア戦争でロシアに抵抗するポーランド人軍団、ユダヤ人軍団を組織するうち、1855年イスタンブールで病死。代表作に『祖霊祭』（1823～33）『グラジナ』（1823）『ソネット集』（1826）『コンラット・ヴァレンロット』（1828）『パン・タデウシュ』（1834）など。

せきぐち ときまさ

東京生まれ。東京大学卒。ポーランド政府給費留学（ヤギェロン大学）。1992～2013年、東京外国語大学でポーランド文化を教える。同大名誉教授。著書に『ポーランドと他者』（みすず書房）、*Eseje nie całkiem polskie*（Universitas, Kraków）、訳書にＪ．コハノフスキ著『挽歌』、Ａ．ミツキェーヴィチ著『バラードとロマンス』、Ｓ．Ｉ．ヴィトキェーヴィチ著『ヴィトカツィの戯曲四篇』、Ｂ．プルス著『人形』（以上、未知谷）、Ｊ．イヴァシュキェヴィッチ著『尼僧ヨアンナ』（岩波文庫）、Ｊ．コット著『ヤン・コット 私の物語』（みすず書房）、Ｃ．ミウォシュ著『ポーランド文学史』（共訳、未知谷）、『ショパン全書簡1816～1830年――ポーランド時代』（共訳、岩波書店）、Ｓ．レム著『主の変容病院・挑発』（国書刊行会）などがある。

祖霊祭　ヴィリニュス篇
《ポーランド文学古典叢書》第8巻

2018年10月25日印刷
2018年11月15日発行

著者　アダム・ミツキェーヴィチ
訳者　関口時正
発行者　飯島徹
発行所　未知谷
東京都千代田区神田猿楽町2丁目5-9　〒101-0064
Tel. 03-5281-3751 / Fax. 03-5281-3752
［振替］ 00130-4-653627
組版　柏木薫
オフセット印刷　ディグ
活版印刷　宮田印刷
製本所　牧製本

Japanese edition by Publisher Michitani Co. Ltd., Tokyo
Printed in Japan
ISBN978-4-89642-708-0　C0398

第6巻

ヴィトカツィの戯曲四篇

S. I. ヴィトキェーヴィチ
関口時正 訳・解説

〈鉄のカーテン〉の向こうからやってきて、世界を驚嘆させた60年代から現在に至るまで、世界各地で上演され続ける前衛演劇、厳選四作品をポーランド語からの直接翻訳で紹介。「小さなお屋敷で」「水鶏」「狂人と尼僧」「母」を収録。　320頁3200円

第7巻　**第69回　読売文学賞（研究・翻訳賞）**
第 4 回　日本翻訳大賞

人形

ボレスワフ・プルス
関口時正 訳・解説

「ポーランド近代小説の最高峰の、これ以上は望めないほどの名訳。19世紀の社会史を一望に収めるリアリズムと、破滅的な情熱のロマンが交錯する。これほどの小説が今まで日本で知られていなかったとは！」（沼野充義氏評）　1248頁6000円

未知谷